J. D. H. Temme

Der Dieb und sein Kind

Berliner Criminal-Novellen

J. D. H. Temme

Der Dieb und sein Kind
Berliner Criminal-Novellen

ISBN/EAN: 9783741125072

Hergestellt in Europa, USA, Kanada, Australien, Japan

Cover: Foto ©Andreas Hilbeck / pixelio.de

Manufactured and distributed by brebook publishing software
(www.brebook.com)

J. D. H. Temme

Der Dieb und sein Kind

J. D. H. Temme's

Criminal-Novellen.

Band 1.

Der Dieb und sein Kind.

Berlin, 1860.
G. Behrend (Falckenberg'sche Verlagsbuchhandlung.)

Der

Dieb und sein Kind.

Berliner Criminal-Geschichte

von

Dr. Temme.

Berlin, 1860.

G. Behrend (Falckenberg'sche Verlags-Buchhandlung.)

J. D. H. Temme.

1.

Der Dieb.

Jn der Oranienburger Straße zu Berlin ging ein einzelner junger Mann. Vor einem großen Hause mitten in der Straße blieb er stehen. Er war vor seiner Wohnung.

Nach Süden und Südosten hin hörte er von manchen Thürmen Berlins die Glocken eilf schlagen. Es war die eilfte Stunde der Nacht.

Es war eine klare Sommernacht. Die Sterne am Himmel erhellten sie, ein wenig auch der Mond, der in seinem letzten Viertel stand.

Gaslaternen erhellen in den Sommermonaten die Straßen Berlins nicht. Wenigstens war es zu jener Zeit so, vor einigen zwanzig Jahren nämlich; wie es in der neueren Zeit ist, weiß ich nicht.

Der junge Mann zog seinen Hausschlüssel aus der Tasche, und steckte ihn in das Schloß des großen Hausthores.

Die gute Stadt Berlin ist sehr verschrien, als ein Sodom und Gomorrha, als noch mehr. Und in neuerer Zeit, seitdem sie fromm geworden ist, ist sie am meisten verschrien und gerade die frommen Leute

Der Dieb und sein Kind.　　1

selbst, die sie so fromm gemacht haben, verschreien sie
am meisten. Dennoch, wenn die Nachtglocke halb eilf
geschlagen hat, und wenn in anderen Städten, zum
Beispiel auch in der heiligen Stadt Cöln am Rhein,
das fröhliche Sommernachtleben in den Straßen beginnt, mit seinem Scherzen und Kosen, Flüstern und
Plaudern, mit seinen Liedern und Ständchen, dann
sind in dem frommen Sodom und Gomorrha Berlin
die Straßen still und leer und das Leben der Stadt
hat sich zur Ruhe, hat sich zu Grabe gelegt, und die
Häuser sind verschlossen und dunkel, wie Gräber der
Todten.

Der junge Mann wollte den Schlüssel in dem
Schlosse umdrehen. Er hielt plötzlich inne und horchte.
Er horchte nach obenhin, an dem Hause hinauf, an
dem er stand. Er mußte dort etwas gehört haben.

Er hörte nichts mehr.

Er trat einige Schritte in die Straße hinein, und
sah nach oben hinauf, wo er etwas gehört hatte. Er
sah nichts, was ihm auffiel.

Es war wohl nichts. Ich muß mich geirrt haben.

Er kehrte zu dem Thore zurück. Er schloß es auf
und ging in das Haus. Hinter sich schloß er das
Thor wieder ab.

In dem Hause war es dunkel. Gas brannte eben-
sowenig darin, wie in der Straße. Mond und Sterne
drangen gar nicht hinein.

Der junge Mann wußte indeß Bescheid. Er war
ja zu Hause. Er durchschritt den mäßigen Flur, erreichte eine Treppe und stieg sie hinauf. Er kam in
einen zweiten Flur; die Treppe führte höher; er stieg
höher. Auf dem dritten Flur machte er Halt. Er
hatte die letzten Stufen schon langsamer, leiser erstiegen.
Er forschte auch wieder, indem er Halt machte. Nach
diesem dritten Flur, dem zweiten Stock, wie sie in
Berlin und auch häufig anderswo sagen, hatte er
auch auf der Straße hingehorcht. Er mußte doch

wohl etwas gehört haben, obwohl er sich versichert hatte, er habe sich geirrt.

Und in der That, er hörte etwas.

Er stand einer Thür an dem unverschlossenen Flure gegenüber.

Jenseits der Thür hörte er es. Ein leises, knisterndes Geräusch. Was es war, konnte er nicht unterscheiden. Es konnte ein Mensch leise umhergehen, es konnte an einer Komode, einem Secretair leise gefeilt, mit einer feinen Säge gesägt werden, es konnte gar ein Feuer knistern.

Ein Feuer war es wohl nicht, irgend ein Schein hätte durch das Schlüsselloch, durch eine Thürritze sich zeigen müssen.

Ein Dieb! sagte sich der junge Mann, nachdem er eine Weile weiter gehorcht hatte.

Er sagte es bestimmt. Gleich darauf mußte er doch seiner Sache nicht ganz gewiß sein.

Aber was nun? fragte er sich. Hülfe rufen? Das Haus in Allarm bringen? Wenn es nun doch kein Dieb wäre? Wenn gar nur eine einsame Maus — ein veritabler, ridiculer Spaß — Teufel ich wäre für immer verloren.

Der junge Mann konnte sich das wohl sagen. Er mußte es eigentlich. Er war eine große, kräftige Gestalt. Seine Haltung, obwohl er einen bürgerlichen Rock trug, war militairisch, und sein großer Schnurrbart war sogar kriegerisch.

Er hatte sich rasch entschlossen. Er nahete sich der Thür noch langsam, leise. Dann zog er schnell einen Schlüssel hervor. Den Schlüssel steckte er eben so schnell in das Schloß der Thür. Er wollte ihn umdrehen.

Aber da, wie leise er näher gekommen war, wie schnell er mit seinem Schlüssel operirt hatte, er war gehört worden, es war ihm Jemand zuvorgekommen, und nicht etwa eine lauschende, behende, naschende

Maus. Die Thür wurde gewaltsam von innen aufgerissen, und in ihr stand ein zerlumpter, großer, kräftiger Mann in mittleren Jahren; er sah nur nicht im Gesicht so frisch aus, wie der junge Mann, dem er gegenüber stand, und er trug auch keinen Schnurrbart, und seine Haltung war keine gerade, militairische. Er war vielmehr sehr bleich und abgehärmt, und die kräftige Gestalt hing ineinander.

Aber einen muthigen und entschlossenen Geist hatte er dennoch.

Auf einmal hatte er sich aufgerichtet, hoch, fest. Die schlaffen Züge des Gesichts hatten straffe Formen bekommen. Die hohlen Augen schossen dunkle Flammen.

So sah er finster, drohend den jungen Mann an, der kaum anderthalb Schritte von ihm stand. Er schien zu überlegen, was er thun solle. Er überlegte eine That der Gewalt.

Auch der junge Mann war einen Augenblick unschlüssig geworden.

Einen Dieb hatte er vor sich, einen frechen verwegenen Dieb, der wahrscheinlich mittelst Nachschlüssels in seine Stube gedrungen war, dort zusammengerafft hatte, was er finden und greifen konnte, und nun, überrascht, entschlossen war, entschlossen sein mußte, Alles aufzubieten und Alles zu wagen, um sich und seinen Raub zu retten. In einer solchen Lage ist jeder Dieb zum Aeußersten fähig. Die Berliner Diebe sind bekanntlich besonders frech und verwegen, und Waffen, das Aeußerste auszuführen, fehlen ihnen in der Regel auch nicht.

Was nun? mochte der junge Mann sich wohl noch einmal fragen. Doch ehe er sich eine Antwort geben konnte, durchzuckte ihn plötzlich etwas.

Die Beiden standen einander im Dunkeln gegenüber. Sie hatten sich, jeder mit seinen besonderen Gedanken, angesehen.

Während der junge Mann nachsann, hatte er den Dieb schärfer angeblickt. Und da schien er etwas zu gewahren, das er bisher nicht gesehen hatte, und das ihn erschreckte. Er mußte noch einmal hinblicken, gerade in das Gesicht des Diebes, und er hatte sich nicht geirrt. Er sah in ein Gesicht, das er schon früher gesehen, das er kannte, dessen Wiederkennen ihn erschreckte.

Was nun? Jetzt wußte er es erst recht nicht.

Aber in demselben Augenblicke hatte der Dieb auch ihn erkannt, und der stutzte wohl plötzlich, aber er erschrak nicht. Im Gegentheil. Mit vorgestreckten Armen, mit geballten Fäusten warf er sich plötzlich auf den jungen Mann. Er stieß auf ihn ein; er traf ihn mitten auf der Brust. Es war ein gewaltsamer erschütternder Stoß. Er wollte den Gegner, der ihm den Ausgang aus dem Zimmer versperrte, niederwerfen und dann an ihm vorbeistürzen. Aber er hatte sich verrechnet. Der junge Mann war erschüttert durch den Stoß, aber nicht niedergeworfen, nicht einmal auf die Seite gedrängt. Er hatte nach den Armen gegriffen, die ihn hinwerfen wollten, mit Armen, die nicht minder kräftig waren. Er packte sie fest, er hielt sie fest. Der Dieb suchte vergebens sich loszureißen. Es entstand ein Ringen, ein Balgen Anfangs um das Losreißen und Festhalten, dann wieder um das Niederwerfen; jeder wollte jetzt den andern zu seinen Füßen am Boden sehen. Dabei sprach Keiner ein Wort. Dem Dieb war jeder Laut gefährlich. Dem jungen Manne, nachdem er den Muth und die Kraft seines Gegners kennen gelernt hatte, schien es ein Ehrenpunkt zu sein, keine fremde Hülfe herbeizurufen, den Kampf allein auszukämpfen. Oder hatte auch er einen Grund, Aufsehen zu vermeiden?

Sie ächzten, sie stöhnten nur, und sie balgten und rissen und stießen sich. Die Kräfte des Diebes waren die schwächeren. Der Soldat — oder war er keiner?

— hat tagtäglich regelmäßig die guten und vollen Fleischtöpfe des Staats. Der Dieb muß sich manchen Tag, selbst mit Gefahr seines Lebens, ein paar Stücke Brod gegen das Verhungern zusammenstehlen. Durch Balgen und Stoßen konnte er seines Gegners nicht mehr Meister werden. Er mußte zu einem andern Mittel greifen. Mit einer letzten Kraftan= strengung war es ihm gelungen, seinen rechten Arm freizumachen.

In demselben Augenblick sah der junge Mann durch die Dunkelheit den Blitz eines langen Messers. Die Spitze war nach seiner Brust gekehrt. Er wollte nach dem Arme greifen, der die Waffe gegen ihn schwang. Er griff fehl. Die Spitze zückte sich nach seiner Brust. Er wollte zurückweichen. Er konnte nicht; der Dieb hatte ihn gegen die Pfosten der Thür ge= drängt, in der sie kämpfen.

Er war verloren. Der Arm, der die Waffe zückte, war völlig frei; die Brust, nach der sie geschwungen wurde, war ohne jeglichen Schild.

Ein Stoß des Armes, und er wälzte sich in sei= nem Herzblut und der Dieb, freilich auch der Mörder, schritt frank und frei über ihn hin, aus dem Hause hinaus. Aber der Arm stieß nicht zu. Der Dieb wollte kein Mörder werden. Das finstere, bleiche, auch von dem Kampfe nicht geröthete Gesicht, hatte plötzlich einen stolzen, fast einen edlen Ausdruck. Er zog aber das Messer zurück; er nahm noch einmal seine Kraft zusammen, gab dem in diesem Momente vielleicht mehr überraschten als erschreckten Gegner einen heftigen Stoß, daß er aus der Thür zurückflog, und schlug dann die Thür zu. Er selbst war in dem Zimmer geblieben.

Der junge Mann stand wieder allein auf dem Flur, vor der Thür. Er rief auch jetzt nicht um Hülfe. Er blieb vor der Thür stehen. Er sann nach. Er hatte Zeit dazu. Der Dieb war sein Gefangener.

Aus der Stube, in der er sich befand, konnte er, wenn nicht durch die Thür, an der der junge Mann stand, nur durch das Fenster hinaus. Das Fenster lag zwei Treppen hoch, unmittelbar über dem harten Straßenpflaster. Um da zu entwischen, bedurfte es eines Sprunges, zu dem auch der verwegenste Berliner Dieb schwerlich Lust haben mochte.

Verdammt! fluchte dennoch der junge Mann in sich hinein, freilich leise genug, daß es auf der andern Seite der Thür nicht gehört werden konnte.

Wäre er zum Teufel! fluchte er nicht minder leise hinterher. Dann kann er wieder nach. — Ob ich wieder umkehre? Ihm das Feld lasse? Aber ist es nicht schon zu spät? Er erkannte mich. Und er wird Alles eingesteckt haben, und er würde Alles mitnehmen. So wäre ich doppelt ruinirt. Das ist eine ganz verdammte Geschichte.

Aber er mußte einen Entschluß fassen. — Und er hatte einen.

Kapituliren wir, sagte er.

Er ging wieder näher zu der Thür zurück. Er faßte die Thürklinke. Er rüttelte daran.

Lassen Sie mich herein! rief er leise.

Er erhielt keine Antwort.

Er wiederholte den Ruf. Ich habe Ihnen einen Vorschlag zu machen.

Der Dieb antwortet ihm wieder nicht.

Was ist das? Fort kann er nicht sein. Schon den bloßen Sprung hätte ich hier hören müssen. Er wird sich doch kein Leid zugefügt haben. Es wäre freilich das Beste. Der Tod ist ein Siegel, das kein Mensch wieder abreißen kann. Aber er ist nicht der Mann danach. Er horchte in die Stube hinein. Er hörte nichts. Er mußte einen weiteren Entschluß fassen.

Ohne Gewalt komme ich nicht vorwärts.

Aber ehe er sie anwenden wollte, rüttelte er noch einmal an dem Schlosse der Thür, und diesmal drehte er zufällig die Klinke und die Thür ging auf. Er erschrak selbst. Sie war gar nicht verschlossen gewesen. Er trat in das Zimmer, vorsichtig noch. Allein es war leer. Nicht von seinen Sachen. Sie lagen zerstreut genug in dem Zimmer umher. Wie viel daran fehlte, konnte er erst später ermitteln. Der Dieb aber war fort. Ein Fenster stand offen.

Doch durch das Fenster? Ist es möglich? Hat er es gewagt? Und er ist glücklich entkommen?

Das war allerdings noch die Frage.

Er ging an das offene Fenster. Er sah hindurch, hinunter. Das Herz wollte ihm erstarren! Er sah an der Mauer des Hauses hinunter. Die Mauer war glatt, kahl, ohne einen Balkon oder einen andern Gegenstand, der einem Hinunterspringenden oder Hinunterkletternden einen Anhalt hätte gewähren können. Einzig und allein die Krönungen der Fenster sprangen vor, aber schmal, kaum einen Viertelfuß breit. Es war also eben so unmöglich, im Springen sie mit den Händen zu erfassen, als für die Füße einen Stützpunkt an ihnen zu gewinnen. Wie war da an eine Möglichkeit zum Entkommen für den Dieb zu denken! Und doch suchte der Dieb diese.

Er stand, als der junge Mann hinaussah, auf dem Gesims, das sich unter dem offenen Fenster befand, durch das er die Stube verlassen hatte. Es war in einer Tiefe von etwa sechs Fuß unter dem unteren Rande dieses Fensters. Der junge Mann sah gerade auf den Kopf des Diebes. Er brauchte die Hand nur auszustrecken, um diesen zu fassen. That er das, so mußte schon die einfachste Berührung desselben der Tod, der Sturz, die Zerschmetterung des Fliehenden sein. Der Fliehende stand kaum mit den Zehen auf dem Gesimse. Wie er sich halten konnte, war ein Wunder. Er stand noch an vierzig Fuß über der Straße. Fiel er, so fiel er auf die steinernen Platten des Trottoirs.

Den jungen Mann schwindelte, als er hinaussah. Dann hatte er auf einmal einen klaren Gedanken. Aber es mußte ein schrecklicher Gedanke sein. Er streckte die Hand aus nach dem Kopfe des Fliehenden. Da sah der Dieb nach ihm auf, und trotz der Dunkelheit erharrte er, was jener gegen ihn vorhatte. Ein sonderbarer Blick drang aus seinem Auge, in die Augen, die so feindlich, die tödtlich dicht über ihm glüheten. Es war kein feindlicher, drohender Blick; es war auch kein bittender, aber es lag der Ausdruck einer unendlich tiefen und doch ergebenen Trauer darin.

Der junge Mann zog die ausgestreckte Hand zurück. Fühlte er sich ergriffen? Oder dachte er: er muß doch den Hals brechen? Dachte er dies, so wollte er es wenigstens nicht sehen. Er trat aus dem Fenster zurück. In der Mitte der Stube horchte er mit angehaltenem Athem. Aber er hörte keinen Fall. Er hörte gar nichts mehr. Er trat neugierig wieder zu dem Fenster. Er sah hinaus. Es wollte ihn von neuem schwindeln.

Der Dieb stand noch auf dem Fenstersims. Er hatte noch keine Handhabe zum Entfliehen finden, noch keinen weiteren Versuch zum Entkommen machen können. Jetzt wagte er einen; einen halsbrechenden. Das Fenster, über dem er stand, war ein Eckfenster. Aber die Ecke des Hauses war mindestens noch fünf Fuß entfernt. An der Ecke lief eine runde Dachrinne von Eisenblech bis zwei Fuß über der Erde hinunter. Nach der Rinne hin hatte der Fliehende seinen Körper hingebogen.

Wollte er sich an ihr hinunterlassen? Aber wie sie ergreifen, die noch so weit von ihm war? Wie mit der ganzen Schwere des Körpers an der dünnen Röhre sich halten? Er konnte es, wenn er wie eine Katze springen konnte, wenn seine Hände die Krallen der Katze hatten.

Aber er konnte mehr; er hatte den Muth

und die Gewandtheit des verwegensten der Berliner Diebe. Er wagte den Sprung von dem Gesimse zu der Hausecke. Der Sprung glückte. Er erreichte die Röhre. Er ergriff sie. Er konnte sie mit beiden Händen umfassen. Mit den Knieen klammerte er sich ganz an sie fest. Ein leiser Schrei des Frohlockens über das Gelingen des Wagestücks war ihm unwillkürlich entfahren. Aber er wurde sehr schnell wieder still. Er hing vierzig Fuß hoch über der Erde. Die Mauerecke war glatt. Sie hatte nichts, woran er sich halten, worauf er sich stützen konnte. Er mußte an der schmalen Rinne hinunterfahren, hinunterrutschen. Brachte er seinen Körper in Bewegung, so mußten sich die Gesetze des Falles und der Schwere geltend machen? Dazu war das Blech der Rinne rauh, mit scharfen Näthen mit schneidenden Kanten. Er überlegte dennoch nicht lange. Er begann sich hinunterzulassen. Langsam, Hände und Knieen nur wenig lüftend. Er behielt die Gewalt, die Macht über die Schwere seines Körpers.

Der junge Mann oben in dem Fenster hatte ihm mit Angst zugesehen, unwillkürlich trotz jenem feindlichen Ausstrecken der Hand. Er sah ihm jetzt, wohl eben so unwillkürlich, mit Bewunderung nach.

Auf einmal rutschte der Flüchtling schneller. Man konnte durch die Dunkelheit sehen, wie er Anstrengungen machte, sich fester zu halten; er hatte jene Macht über die Schwere seines Körpers verloren. Er mußte sie wieder gewinnen, wenn er nicht völlig macht- und willenlos in rasendem Fluge hinuntergerissen werden, unten auf den Steinen der Straße zerschmettert zusammenstürzen wollte. Er konnte sich nicht halten. Er flog hinunter.

Auf einmal mitten im Fluge, ein Ruck, dann ein wilder Schmerzensschrei, da~ ̇ in Halten, ein Ruhen des Körpers. Er hatte ˙ ̇rene Gewalt wieder= gewonnen, mitten in be. ̇ en Fluge. Er hing feſt an der Rinne. Aber mit welcher Anſtrengung, mit welchem Schmerze, mit welchem Zerreißen der Haut, des Fleiſches, der Muskeln, an seinen Händen und an seinen Füßen mußte er das gewonnen haben? Der wilde Schrei gab es kund. Sein Aechzen hörte man noch. Und mit den geſchundenen und zerriſſenen Gliedern mußte er ſich in der Luft halten; er hing noch immer zu hoch über dem Boden, als daß er hätte hinunterſpringen dürfen.

Und ein anderes feindliches Geſchick trat hinzu. Zwei Männer waren in der Straße daher gekommen. Sie hatten den Schmerzensſchrei gehört. Sie hatten zu dem Hauſe hinaufgeblickt. Sie ſahen die Geſtalt, die oben in der Luft an der Röhre hing. Sie blieben ſtehen.'

Ein Dieb! riefen ſie einander leiſe zu. Ein Dieb, ein Dieb! riſeen ſie dann laut in die Straße hinein.

Der Dieb durfte nicht mehr ausruhen. Er mußte in der nächſten Sekunde unten ſein, um die Beiden zu überraſchen, keinen Dritten vorher herzukommen zu laſſen. Er lüftete die Hände, die Knieen. Er unterbrückte einen Wuthſchrei des Schmerzes. Er flog, wie eine wilde Katze an der Rinne hinunter. Er erreichte den Boden.

Die beiden Männer hatten ſich aufgeſtellt, ihn zu empfangen, zu halten. Er ſchlug ſie mit blutigen Händen in das Geſicht, daß ſie entſetzt zurückflogen.

Er floh die Straße hinauf.

Weiter ſah der junge Mann mit der militairiſchen Haltung nichts. Er hatte in jener unwillkürlichen Angſt dem Entfliehenden nachblicken müſſen, bis dieſer den Boden erreicht hatte. Dann hatte er in einer andern Angſt ſich ſchnell aus dem Fenſter zurückgezogen. Von dem, was ſich draußen ferner zutrug, hörte er nur noch etwas, aber auch nur Weniges.

Halt den Dieb! Halt den Dieb! riefen zuerſt einzelne, dann immer mehr Stimmen. Darauf entſtand

ein wildes Rennen in der Straße, zuerst nur von
wenigen Schritten, dann gleichfalls von immer mehre-
ren. Es zog sich nach dem Posthofe hin, an diesem
vorüber. Es verschwand in der Ferne und in der
Stille der Nacht.

Der junge Mann hatte unterdeß schnell und
vorsichtig das Fenster verschlossen, durch welches der
Dieb entkommen war, und darauf eben so schnell alle
Sachen, die im Zimmer unordentlich umher lagen, bei
Seite geschafft, so wie jede Spur vertilgt, die darauf
hindeuten konnte, daß ein Fremder da gewesen sei.

Er zündete dann Licht an und setzte sich unbefangen zum Lesen hin. Gleich darauf stürmten Leute
nach oben, in sein Zimmer.

War hier der Dieb? — Hier war Niemand.

2.

Sein Kind.

Während der im vorigen Kapitel erzählten Bege-
benheiten und bald nach ihnen trug sich in der Mulacksgasse zu Berlin Folgendes zu.

Die Mulacksgasse zu Berlin. Der elegante Rei-
sende hat wohl schwerlich etwas von ihr gehört. Er
kümmert sich nur um das Elegante, Vornehme, Große
der großen Residenz, und namentlich die kleinen
Diebe gehen ihn nichts an, wenn sie nicht etwa seine
Bekanntschaft, eigentlich die seiner Börse machen.
Sonst kennt jedes Kind in Berlin die Mulacksgasse,
die kleine, enge, schmutzige Straße in jenem Straßen-
gewirr, zwischen dem Rosenthaler und Schönhauser
Thore, den berüchtigtesten Aufenthalts- und Versamm-
lungsplatz der — kleinen Berliner Diebe.

Bei Tage pflegt sie todt und leer zu sein. Auch noch am frühen Abend. Aber wenn die eigentliche Nacht beginnt, dann beginnt sie, ein desto bewegteres Leben darzubieten. Freilich kein lautes.

Die dunklen Gestalten, denen man begegnet, schleichen und huschen an einem vorüber, und sind schon lautlos verschwunden, wenn man sich nach ihnen umsehen will. An einzelnen Stellen bilden sich auch wohl Gruppen, die stehen bleiben. Aber sie flüstern und zischeln nur leise mit einander.

Sie Alle wissen, daß hinter jedem Kellerhals, in jedem schmalen Zwischenraum, den zwei Nachbarhäuser bilden, ein Gensdarm oder ein Polizeidiener lauert, und Mancher hat Ursache, von diesen gar nicht gehört und gesehen zu werden. Keiner aber wünscht auch nur wegen zu lauten Sprechens mit ihnen in Berührung zu kommen.

Zuweilen entsteht dennoch ein Lärm. Dann hat entweder ein Fremder sich unter sie verirrt, Einer, der nicht zu ihnen gehört, und der laute Ruf: Diebe! Räuber! erfüllt die Straße und jagt eine wilde Flucht durch sie hindurch. Oder aber Neid, Mißgunst, meist auch Liebeseifersucht, hat die Genossen selbst gegen einander gehetzt, und dann löst das Geflüster und Gezischel sich plötzlich in das Klirren von Messern auf, und es folgt Balgen und Stöhnen und Aechzen und zuletzt der Ruf: Mörder, Mörder! Doch das Alles ist selten.

Still, wie die Straße selbst, sind auch die Häuser, die sie einfassen. Aber hier ist Eine Ausnahme.

In der Mitte der Mulacksgasse liegt ein Haus, schmutziger, rußiger und verfallener, als fast alle die anderen. Es heißt der Schmortopf, und es ist das allgemeine Versammlungs- und Vergnügungslokal der Diebe der Mulacksgasse und der Umgegend weit und breit. Jede Nacht wird dort getanzt und die Tanzmusik des Schmortopfs ist es, was die Ausnahme von der Stille der Häuser in der Mulacksgasse macht.

Drei Häuser von dem Schmortopf entfernt steht ein beinahe ebenso schmutziges und verfallenes Haus. Oben in einer Dachkammer dieses Hauses lag an jenem Abende einsam auf einem Bette ein Mädchen. Es war ein Kind von dreizehn bis vierzehn Jahren. Ein feines, blasses, Gesicht. Ein außerordentlich zart und schlank gebauter Körper. Aber es war ein armes Kind; es war ein Krüppel; die eine Hüfte war ihm gelähmt. An seinem Bette stand eine Krücke. Nur an der Krücke konnte es gehen. Das Gebrechen des Körpers hatte seine ganze Gesundheit angegriffen; daher der schmächtige Wuchs, die krankhafte Blässe des Gesichts.

Es war auch sonst ein armes Kind. Man sah es an Allem da oben in dem engen, niedrigen, nackten und kahlen Dachstübchen. Es standen außer dem Bette nur ein alter Stuhl und ein zerbrochener Tisch darin, und das Bette war ein Strohsack und ein paar alte Lumpen. Zum Zudecken war gar nichts da, das Kind lag in seinen Kleidern auf dem Bette. Seine Kleider aber bestanden in einem Hemde und einem Unterrocke. So lag es mit dem zarten und kranken Körper auf dem harten Lager.

Aber bildschön war es dennoch, mit seiner schlanken, jugendlichen Gestalt, mit jener so wunderbar zarten, feinen, durchsichtigen Blässe kränklicher Kinder in dem regelmäßigen Gesichte, mit den glänzenden, auch krankhaft glänzenden tiefblauen Augen, mit einer Fülle rabenschwarzen Haares.

Es weinte auf seinem einsamen, armen Lager. Es weinte still vor sich hin. Die gefalteten Hände hielt es über der Brust. Es betete auch wohl still. Die freche Tanzmusik des Schmortopfes schallte in seine Thränen und in sein Gebet herüber. Das Kind hörte sie nicht, und wer bald das Kind gehört hätte, der hätte wahrhaftig auch keinen Ton der Musik mehr gehört, wie leise es auch sprach. Es richtete sich auf, es hob die gefalteten Hände zum Himmel empor. Dann betete es laut und doch so leise:

„O, Du lieber Gott im Himmel, stehe doch meinem armen Vater bei, und laß ihn nicht in Unglück kommen. Er meint es ja so gut, und er hat mich so lieb, und ich habe ihn so lieb, und nur aus Liebe für mich armes Kind, damit ich nicht verhungern soll und mich kleiden kann, ist er ausgegangen zu stehlen. Ich wollte es nicht, und er hat sich auch lange genug gewehrt, aber er konnte es so nicht mehr ansehen. O lieber Gott im Himmel, laß ihm kein Unglück geschehen; laß ihn glücklich zu mir zurückkommen. Was sollte ich armes Kind ohne meinen Vater anfangen?"

So betete das Kind.

Es war wohl ein sonderbares Gebet. Aber giebt es viele Gebete der Menschen, die besser sind? Beten nicht Kaiser und Könige und Fürsten und Feldherren so, daß er ihren Heeren den Sieg verleihen und ihre Feinde vernichten möge, daß ihre Kanonen recht mörderisch sein und ihre Kartätschen die Menschen, arme, unschuldige Menschengeschöpfe, wie Fliegen dahinstrecken möchten? Der Prinz Eugen bat zu dem lieben Gott so, laut, vor seiner ganzen Armee, und die Kaiser und Könige, wenn sie Krieg haben, lassen sogar laut so in allen Kirchen beten. Dem Prinzen Eugen soll es damals geholfen haben; es war freilich gegen die ungläubigen Türken. Die modernen befohlenen Kriegsgebete von den Kanzeln — nun, das Tröstlichste und Christlichste, was man wohl von ihnen sagen kann, mag sein, daß der liebe Gott sie nicht erhört, nicht etwa, weil Christen ihn so gegen Christen anrufen, sondern weil er von Menschen aufgefordert wird, arme, unschuldige Menschen, die einander in ihrem Leben nichts zu Leide gethan haben, sich gegenseitig abzuschlachten, er, der Gott der unendlichen Liebe und Milde.

Das Gebet des Diebeskindes kam aus einem inni-
gen, kindlichen und frommen Herzen. Und auch ein
gläubiges Herz mußte es sein. Als das Kind geendigt
hatte, legte es sich ruhiger wieder hin, und seine Thränen konnte es trocknen.

Die Musik im Schmortopf hatte schon eine Weile
geschwiegen. In der Straße herrschte die vollste Stille.
So auch in dem Hause, in dessen Dachkammer das
Kind lag. Die Stille im Hause wurde unterbrochen,
wenigstens für das Kind. Ein schwerer, langsamer
Schritt nahte sich der Dachkammer.

Das Mädchen horchte. Sie erkannte den Schritt.
Sie verwunderte sich.

Was mag sie wollen? So spät?

Dann überfiel eine Angst sie.

Meinem Vater ist doch nichts passirt?

Das arme Kind mußte immer zuerst an ihren
Vater denken. Die Thür wurde aufgemacht, nicht
langsam aber doch leise. Eine alte, dicke Frau trat in
die Kammer, roh, gemein und boshaft im Gesicht, roh,
gemein und grob in ihrem ganzen Wesen. Sie trug
eine Lampe in der Hand. Sie trat damit an das
Bett des Kindes. Sie beleuchtete das Kind. Sie beleuchtete das Antlitz eines milden, freundlichen, bleichen,
armen Engels. Für das boshafte Weib waren die
Engelszüge nicht da.

Warum schläfst Du nicht? fuhr sie das Mädchen an.

Das Kind blieb freundlich.

Ich konnte nicht, Frau Gronen. Sie sah die Frau
so bittend an. Das alte Weib wurde ärgerlicher.

Dummes Zeug. Du mußt schlafen.

Da sah sie, daß das Mädchen geweint hatte. Sie
wurde zornig.

Sehe Einer! Gar geflennt, geheult! Ah, ah, weil
Dein Vater auf sein Geschäft ausgegangen ist! Er
soll wohl Tag und Nacht bei dem Püppchen bleiben,
und nichts verdienen? Wovon wolltet Ihr denn leben?

kannst Du vielleicht etwas verdienen? Ja, wenn wir
kein armseliger Krüppel wären! Das Frätzchen ginge
noch, und das Andere auch. — Fange mir nicht wieder an zu heulen, Dirne. Schlafe. Du sollst schlafen.
Und noch Eins. Wenn Du nachher etwas hörst, auch
Spectakel, auch hier im Hause, daß Du Dich nicht
muckſest. Du bleibst ruhig in Deinem Bette. Und
sollte der Commiſſarius kommen oder ein Gensdarm
oder Sergeant, und etwas von Dir wiſſen wollen, und
Du sagst ihnen Ein Wort, das Du vielleicht gehört
hätteſt, so schmeiße ich Dich morgen aus dem Hauſe
hinaus, mitsammt. Deinem Bater. Und dann könnt
Ihr in den Ochsenkopf wandern. Denn kein anderer
Mensch nimmt einen solchen alten Dieb und eine solche
verkrüppelte Person mehr auf. — Haſt Du gehört?
Nun schlafe.

Sie verließ die Kammer. Sie schloß die Thür
von außen zu. Den Schlüſſel ließ sie in dem
Schloſſe. Das Kind war in der Dachkammer
eingeschloſſen. Daran dachte sie nicht. Die bitteren
Thränen drangen ihr wieder aus den Augen.

Ach, seufzte sie, es ist doch recht hart, arm und
ein Dieb sein zu müſſen! —

Ein Dieb sein müſſen? An sich dachte das Kind
dabei wohl nicht; denn sie hatte in ihrem Leben noch
nicht geſtohlen. Sie dachte an den Bater. Aber
mußte denn der ein Dieb sein?

O, meine Leser, wir haben in unseren geselligen
Zuständen leider so sehr Bieles, was einen Menschen
zwingen kann, geradezu zwingt, ein Dieb, ein Berbre-
cher zu werden. Und auch der Bater des armen Kindes war in der That so gezwungen. Ihr werdet es
später hören. —

Bor der Dachkammer wurde wieder ein Schritt
hörbar. Er war leise, wie vorhin der der Alten, aber
er war leicht, rasch, behende. Er hielt wieder vor der
Thür. Die Kranke schien ihn nicht zu kennen; dann doch.

Der Dieb und sein Kind.　　　　　　2

Wer mag das sein? Die Louise? Und sie will zu mir? Ach sie ist so — Aber sie hat ein gutes Herz.

Angenehm war ihr der Besuch nicht. Aber ihre milde Güte nahm ihn hin.

In dem Schlosse der Thür war der Schlüssel umgedreht. Die Thür wurde geöffnet. Es trat wieder ein Frauenzimmer in die Kammer, aber der Gegensatz zu der Alten, die wenige Minuten vorher hinausgegangen war. — Roh und frech sah die Eintretende ebenfalls aus; aber durch die Roheit und Frechheit blickte ein unverkennbarer Zug von Güte. Das Gesicht, das diese Güte zeigte, war früher vielleicht recht schön gewesen. Es trug noch Spuren davon; es war nur zu roth und zu grob geworden. Vielleicht war es gleichwohl noch jung.

In dem Leben, das die Dirnen der Muladsgasse mit den Dirnen des Schmortopfes führen, wird der Körper früh alt.

Die Dirne kam auch wohl jetzt aus dem Schmortopfe, unmittelbar von dem Tanze, der vor zehn Minuten mit der schweigenden Musik geendet hatte. Sie war geputzt und erhitzt.

Sie kam ohne Licht.

Bist Du wach, Charlotte? fragte sie bei ihrem Eintreten.

Ja, Mamsell Louise, antwortete das kranke Kind.

Ich habe Dir etwas zu sagen.

Was ist es?

Gleich. Ich bin müde. Von dem Tanzen, dem Herumtreiben. Sie nahm den einzigen Stuhl, der in der Kammer war, stellte ihn vor das Bett und setzte sich hierauf. Dann fuhr sie fort:

War die Alte bei Dir?

Ja.

Was wollte sie?

Sie schalt, daß ich noch nicht schlief. Ich solle schlafen, befahl sie mir.

Ah, ah! Sagte sie weiter nichts?

Wenn hier etwas vorfalle, so solle ich es nicht hören, und Keinem davon sagen.

Richtig! Höre Du jetzt. — Aber vorher — ich habe Dir etwas mitgebracht. Sie zog aus ihrer Tasche einen Apfel hervor und gab ihn dem Kinde.

Ich habe ihn für Dich genommen. Dann besann sie sich. Sie mochte dem Kinde den Hunger ansehen. Sie faßte noch einmal in ihre Tasche.

Hier. Auch ein Stück Kuchen.

Das Kind hatte den Apfel ohne Widerrede genommen. Bei dem Kuchen zögerte es.

Sie haben ihn für sich mitgebracht, Mamsell Louise. Sie sah dennoch so verlangend zu ihm hin. — Die freche, rohe Straßendirne sah es. Um ihre Lippen zuckte etwas, wie ein verhaltenes Schluchzen. Sie war in diesem Augenblicke schöner, als sie vielleicht in ihrem Leben gewesen war.

Nimm, Du armes Wurm. Er kostet mich nichts, und ich bekomme schon einen anderen.

Das Kind nahm auch den Kuchen und es aß Beides, Apfel und Kuchen, mit der Lust des Hungers. Man sah, daß es hungrig war. Die Dirne vor dem Bett sah mit einer schönen, stillen, uneigennützigen Freude, wie das Kind aß.

Und nun höre, sagte sie dann.

Erzählen Sie, Mamsell.

Ich komme aus dem Schmortopf.

Ich dachte es.

Die Caroline war auch da.

Sie ist immer da.

Seit einigen Tagen nicht mehr. Die Person hat Glück, unverschämtes Glück. Sie hat einen jungen Baron zum Liebhaber, einen fremden, steinreichen, hübschen jungen Menschen.

Die Caroline, Mamsell Louise?

2*

Ja, die magere, klapperdürre Caroline.

Mamsell Louise hatte ein bedeutendes Embonpoint, und nur Liebhaber im Schmortopf.

Wo hat sie den jungen Baron kennen gelernt? fragte das Kind.

Gott weiß es. Sie treibt sich überall herum, und sie stiehlt wie ein Rabe. Da kann sie sich neue Kleider anschaffen, eine Droschke nehmen, in den Thiergarten fahren, gar in das Opernhaus.

Sie hat sich auch seit drei oder vier Tagen hier nicht mehr sehen lassen, bemerkte das Kind.

Wie das kranke Kind mit seinem Vater, mit diesem, wenn er nicht im Kerker saß, bei der Frau Gronen in der Mulacksgasse wohnte, so hatten bei dieser auch die Mamsell Louise und die „klapperdürre“ Caroline jede ein Dachstübchen. Seit drei bis vier Tagen war die Caroline nicht zu Hause gekommen.

Ja, ja, sagte Mamsell Louise. Wer weiß, wo sie sich mit dem jungen Baron herumgetrieben hat!

Und heute war sie wieder da, Mamsell?

Sie war im Schmortopf, und gewaltig aufgeputzt.

Mit dem jungen Baron, Mamsell?

Nein, nicht mit ihm. Die schlechte Person — Gott weiß, was sie mit ihm gemacht hat. Sie hat sich schon wieder an einen Andern gehängt. Mit dem war sie da.

Und wer war das?

Ein junges Bürschchen, ein feines Kerlchen, fast noch Kind, wie von Milch und Blut. Und immens reich muß er auch sein, und in die dürre häßliche Person ist er verliebt bis über die Ohren.

Häßlich ist die Caroline nicht, Mamsell Louise. Sie ist groß, schlank und hat ein recht feines Gesicht und wunderhübsche Augen.

Das ist Geschmacksache. Aber höre weiter, Charlotte. Jetzt kommt, was ich Dir eigentlich sagen wollte. Mit dem Bürschchen, dem Knaben, haben sie etwas vor, etwas recht Schlechtes.

Wer, Mamsell?

Die Caroline, und ihr Bräutigam der lange Wilhelm, der erst vor drei Tagen aus dem Zuchthause zu Spandau zurückgekommen ist. Und die Alte steckt auch mit darunter.

Die Gronen?

Die Gronen. Darum war sie bei Dir und verlangte, daß Du schlafen und nichts hören und nichts sagen solltest. Mich hat das schlechte Weib in ihrer Gewalt. Sie kennt meine Geheimnisse. Man macht ja wohl einmal die Finger lang, wenn eine Gelegenheit kommt. Man kann sie nicht immer zusammendrücken. Wenn ich nur mit Einem Worte sie verriethe, so würde sie mich bei der Polizei angeben, und ich hätte ein paar Jahre Zuchthaus, und noch jahrelang den Ochsenkopf hinterher.

Aber was haben sie mit dem jungen Menschen vor, Mamsell?

Es ist ein Knabe, sage ich Dir, vielleicht nicht älter als Du. Und was sie mit ihm vorhaben? Sie wollen ihm abnehmen, was er hat und ihn dann wohl in die Panke oder hinten in die Spree werfen. Der Schiffbauerdamm ist so weit nicht, und bei Nacht sind da keine Menschen.

Mein Gott, Mamsell? Die Caroline? Sie kann so sanft aussehen.

Ja, die Frommen und Sanften haben es am dicksten hinter den Ohren.

Aber woher wissen Sie das Alles, Mamsell Louise?

Ich habe selbst Alles gehört und gesehen. Die Caroline kam mit dem jungen Menschen, dem Kinde, angefahren; in einer zweispännigen Droschke; aufgeputzt, wie eine Opernprinzessin. Sie wollte sich überschlagen vor Hochmuth. Gegen den Burschen war sie zärtlich wie ein Ohrwürmchen, und der kleine Kerl wollte sie auffreffen. Er ließ Kuchen und Wein für fie kommen, und Alle, die da waren, traktirte er mit dem feinsten Kümmel und mit Wurst. Er hatte eine große Börfe, die voll Gold war. Das Herz lachte Einem im Leibe.

Ich muß Sie noch einmal unterbrechen, Mamfell. Wie kam der feine junge Menfch mit der Caroline in den Schmortopf?

Gott weiß es, wie fie ihn dahin gebracht hat Viele Künfte wird es ihr bei dem verliebten Knaben nicht gekoftet haben. Und warum fie ihn hingebracht hatte, wird Dir das noch nicht klar?

Erzählen Sie, Mamfell.

Dem langen Wilhelm hatte fie nicht einmal einen Wink zu geben brauchen. Als er die große Gold- börfe fah, nickte er ihr fchon von felbft zu und ihre Augen antworteten ihm, daß fie ihn verftehe. Eine Weile nachher flüfterte er ihr ins Ohr: Bei Dir! Ja, fagte fie ihm zurück. Ich muß es nur zuerft der Alten fagen. — Wir beide werden wohl genug fein, fagte er dann noch.

Ich hörte jedes Wort, das fie fprachen. Ich hatte mich hinter fie gefchlichen. Sie lachte. Ich denke, fagte fie, daß wir mit dem fchon fertig werden kön- nen. Gleich darauf war fie fort. Aber fchon nach wenigen Minuten war fie wieder da. Sie konnte nur zu Haufe bei der Gronen gewefen fein, um zu fehen, ob die Luft hier rein fei und um der Alten Nachricht zu geben. Denn die haben fie doch zu dem nöthig, was fie vorhaben. Und fie haben das Schlimmfte vor. Dem langen Wilhelm leuchteten die falfchen Augen, wie wenn er fchon fein Meffer fcharf mache und ihr wurde das weiße Geficht vor Verlangen roth. Den kleinen Burfchen nahm fie in ihre Arme, als wenn fie ihn, fo lange er lebe, nicht wieder hinaus laffen wolle. Mir wurde fo angft und bange. Ich konnte es da nicht mehr aushalten. Ich mußte hier- her. Der kleine Menfch geht mich nichts an. Aber

ein Mord! — Lange Finger habe ich wohl gemacht, aber
an eines Menschen Leben sich vergreifen! Und er ist
noch so jung! Noch so ein Kind! — Wie ich hier ins
Haus trat, kam die Alte die Treppe herunter. Sie
mußte hier oben in der Stube der Caroline gewesen
sein, ob sich darin Alles in Ordnung befinde. Den
Schlüssel hatte sie aus der Thür gezogen. Aber in
Deiner Thür steckte der Schlüssel und sie war abge-
schlossen, Du warst eingesperrt. Das fiel mir auf.
Ich mußte wissen, ob sie bei Dir gewesen war. Und
nun laß uns berathen, was zu machen ist. Ich weiß
keinen Rath.

Die Geliebte von Dieben, selbst eine Diebin, war
wirklich in Angst und wußte in ihrer Angst keinen
Rath. — Die Tochter des Diebes, das kranke Kind,
wußte einen sehr einfachen.

Wenn ich weiter gehen könnte, als aus dem Hause,
so ginge ich auf der Stelle zum Commissarius, Mamsell Louise, und zeigte ihm Alles an. Jetzt müssen
Sie zu ihm gehen.

Aber darüber konnte die Dirne nur erschrecken.

Bist Du bei Sinnen, Mädchen? Jene haben noch
nichts gethan und man könnte also auch ihnen noch
nichts thun. Aber ich müßte noch heute Nacht in die
Stadtvoigtei. Der lange Wilhelm ist schlecht, und die
Alte ist schlecht, und die Schlechteste von Allen ist die
sanfte Caroline, und sie wissen zu viel von mir.

Sie wissen auch von ihnen, Mamsell Louise.

Die Kranke hatte das in ihrer Unschuld gesagt.
Aber die Diebin erhob sich entrüstet.

Nein, nein Kind, ich werde nie arme Menschen
angeben und ins Unglück bringen.

Das Kind schwieg, fast beschämt. Und sein Herz
war doch so rein und sein Sinn so edel.

Zeigten nicht aber auch die Worte der Straßendirne sittliche Kraft? Diebe und Straßendirnen sind
nicht immer die schlechtesten Menschen.

Aber etwas Anderes kann ich, rief die Mamfell Louife entschloffen. Und das werde ich. Wenn fie den jungen Menschen hier oben haben, dann werde ich in ihre Kammer bringen, und wollen fie ihm ans Leben, fo sollen fie zuerft mich aus dem Wege schaffen müffen.

Und ich gehe mit Ihnen, Mamfell, fagte, nicht minder entschloffen, die Kranke. Einem armen Krüppel werden fie nichts zu Leibe thun.

Die Mamfell Louife hatte nicht darauf gehört.

Etwas mich zu wehren habe ich auch noch, fagte fie. Ich gehe in meine Stube es zu holen. Ich komme dann wieder zu Dir. Verhalte Dich unterdeß ruhig.

Sie verließ die Kammer. Sie schloß braußen die Thür wieder ab, wohl aus Vorficht, damit die Alte, wenn fie nachfehe, den Befuch bei der Kranken nicht erfahren folle. — Das Kind fah ihr betrübt nach.

Wie viele Schlechtigkeit ift in der Welt! Aber warum müffen fie den armen Menschen denn morden? Sie wollen doch nur fein Geld. Mein Vater ftiehlt auch, leider muß er es, weil alle Welt ihn zurückftößt. Aber gemordet hat er noch nie.

Auf einmal erschrak fie.

Mein Gott, rief fie, kann es nicht doch möglich fein? Wenn er ertappt würde! Wenn er fich nicht anders retten könnte! Er bekommt zeitlebens, wenn er wieder beftraft wird. Das ganze Leben lang ins Zuchthaus! Und er ift entschloffen und Furcht kennt er nicht. O, mein Gott, er ftiehlt um meinetwillen.

Eine heiße Angft überfiel fie. Mitten in der Angft schrie fie heftig auf. Sie vernahm ein lautes, haftiges Rufen. Es war noch hinten in der Straße. Haltet den Dieb! riefen mehrere Stimmen.

Mein Vater! schrie fie auf. — Das arme Kind mußte wieder zuerft an ihren Vater denken, der ja ein Dieb war.

Sie wollte von ihrem Lager auffspringen. Sie
konnte sich ja nur unter Mühe und Schmerz von ihm
erheben. Sie griff nach ihrer Krücke.

Etwas Anderes wieder hielt sie. — Leise Schritte
waren rasch die Treppe herauf gekommen. Oben
hielten sie.

Wie sie hielten, entstand noch leiseres Geflüster.
Eine Frauenstimme flüsterte, zärtlich schmeichelnd.

Das ist die Caroline! sagte die Kranke für sich.
Eine andere Stimme antwortete eben so zärtlich.
Es war eine zarte, jugendliche Stimme, man hätte
meinen können, sie gehöre einem Mädchen an.

Der junge Mensch, der Knabe! sagte die Kranke.
Der arme Mensch! Wenn er sterben müßte. Die
Louise hat Recht. Sie sind Alle so schlecht und zu
Allem im Stande.

Eine Thür wurde geöffnet, nicht weit von der
Kammer der Kranken. — Die Stube der Caroline
sagte die Kranke. — Die Thür wurde wieder zugemacht. Das Geflüster war verstummt oder wurde nicht
mehr gehört.

Sie sind hineingegangen. Er ist in ihrer Gewalt!
Sein Leben! Sie horchte gespannt, für den Augenblick
vergaß sie selbst ihren Vater.

Ein schwerer, langsamer Schritt kam die Treppe
herauf.

Die Alte! Nun fehlt nur der lange Wilhelm noch.
O Gott, der arme junge Mensch! Wo die Louise sein
mag? sie hat mich eingeschlossen.

Sie hatte ihre Krücke zurückgestellt. Sie langte
dennoch wieder danach. — Da vernahm sie wieder etwas
Anderes und die ausgestreckte Hand flog vor Schreck
zurück.

Halt den Dieb! Halt den Dieb! rief es näher
und lauter unten in der Straße. Man glaubte schon
wildes Rennen auf den Steinen zu hören.

Mein Vater! Wenn das mein Vater wäre! Die

Verfolger hinter ihm. In welcher Todesangst muß er sein.

Sie wurde in ihrer Angst, in ihrem Schreck hin und hergerissen.

Eilig, mit hastigen, leichten Schritten stürzte Jemand die Treppe herauf.

Mein Vater! rief sie im ersten Moment wieder. Er ist ihnen entkommen! Wo verberg ich ihn?

Sie hatte aufathmen wollen. Sie horchte noch einmal hin. Sie fiel zusammen.

Das ist nicht der Schritt meines Vaters. Das ist der lange Wilhelm. Jetzt werden sie den armen Menschen morden! Und mein armer Vater draußen? —

Sie wollte nach dem Vater lauschen, draußen nach der Straße hin. — Sie konnte nicht. Was sie drinnen im Hause vernahm, war näher und entsetzlicher, dennoch menschlicher, obwohl jenes ihrem Vater galt.

Der hastige Schritt hatte den Bodenflur erreicht. Es war ein kräftiger, leise gehaltener Mannesschritt.

Der lange Wilhelm! überzeugte die Kranke sich.

Er bewegte sich nach jener Gegend, in welcher vorhin das Geflüster verschwunden war. — Dort hielt er an.

Vor der Kammer der Caroline sagte die Kranke.

Sie bebte. Bebend mußte sie weiter horchen. Es blieb ein paar Sekunden lang Alles still.

Er lauscht an der Thür, mit der Alten. Sie muß auch dort sein. Wo nur die Louise bleibt?

Es entstand wieder Bewegung. Sehr leise Schritte naheten sich ihrer Thür.

Die Alte und der lange Wilhelm!

Zwei Stimmen sprachen miteinander.

Die Kleine habe ich eingesperrt.

Es war die Stimme der Alten.

Aber die Louise muß auch hier sein. Sie ist schon lange aus dem Schmortopfe weg.

Eine Mannesstimme flüsterte es. Der lange Wilhelm.

Hatte sie Wind? fragte die Alte.

Wahrscheinlich.

Sie kann nur in ihrer Stube sein. Ich schließe sie geschwind ein.

Ein rascher Sprung der Alten nach der Seite. Aber sie kam zu spät. Eine Thür wurde schnell aufgerissen.

Einschließen wollen Sie mich? Mich auch? Zuschließen können Sie jetzt.

Die Mamsell Louise rief es, mit ihrer ganzen Frechheit höhnisch lachend.

Sie war in ihre Stube gegangen, um eine Waffe zu holen. Wohl ehe sie diese gefunden hatte, waren die Alte und dann der lange Wilhelm gekommen. Sie hatte nicht zurückgekonnt, ohne von diesen entdeckt zu werden. Als sie lauschend gehört hatte, daß sie eingesperrt werden solle, war sie zuvorgekommen.

Die Alte wurde wüthend.

Zurück Dirne, in Deine Stube.

Rühren Sie mich nicht an!

Was Dirne, Du hast ein Messer? Du drohst mir damit?

Ich ersteche Sie damit, wenn Sie mich anrühren!

Teufel! fluchte der lange Wilhelm dazwischen. Nun ist keine Zeit mehr zu verlieren.

Die Thür zu der Kammer der Caroline wurde rasch aufgerissen, rasch wieder zugeworfen.

Morde mich, wenn Du Muth hast, Du schlechte Dirne! rief die alte Gronen.

Man hörte ein Balgen auf dem Flur. Aber dicht daneben sollte ein Mord verübt werden.

Hülfe, Hülfe! rief aus der Stube der Caroline eine jugendliche Stimme. Die Stimme des Knaben, der in die Stube gefolgt war. Er war allein unter den verwegenen Händen des Diebes und seiner Genoffln. Die Stimme wurde unterbrückt und das Balgen auf dem Flur dauerte fort.

Die kranke Charlotte war auf ihr Lager zurückgesunken. Sie konnte in entsetzlicher Angst nur die zarten Hände wie zum Gebete falten.

Eine noch entsetzlichere Angst sollte sie ihr aus einander reißen. Das Rufen auf der Straße hatte man noch mitten durch den Lärm im Hause vernommen. Das Rennen hörte man zwischen dem Rufen.

Auf einmal hörte man draußen nichts mehr.

Aber gleich darauf stürmte in rasender Eile ein Schritt die Treppe im Hause herauf.

Mein Vater! Das ist mein Vater! rief die Kranke wieder.

Diesmal hatte sie Recht. Es mußte ein furchtbar gehetzter Schritt sein, der die Treppe hinan stürmte. Oben brach er zusammen. Er mußte zum Tode gehetzt sein. Man hörte ein Stöhnen, wie aus einer zerrissenen, zerwühlten Brust.

Die beiden Weiber hatten unwillkürlich ihren Kampf eingestellt.

Ein schwerfälliger todtmüder Schritt schleppte das Stöhnen zu der Kammer der Kranken hin.

Der Schlüssel im Schlosse wurde umgedreht. Die Thür wurde langsam geöffnet. Eine große, kräftig gebaute Gestalt schwankte in die Kammer. Aber ihre Kraft war gebrochen.

Der Dieb aus der Oranienburgerstraße konnte nicht mehr den einzigen Stuhl der Kammer erreichen, um sich auf ihn niederzulassen. Er fiel erschöpft zu Boden nieder. Sein Gesicht war leichenblaß. Seine Haare hingen wild hinein. Seine Hände zeigten das nackte, aufgerissene, blutige Fleisch.

Das Kind war aus dem Bette gestürzt ohne Krücke. Sie lag neben ihm am Boden.

Vater! Vater! Er stirbt!

Ich sterbe nicht, mein Kind. Aber ich kann nicht mehr, und sie sind hinter mir.

Sein Kopf fiel zurück.

Die Kranke fing ihn in ihren Armen auf. Sie ließ ihn darin ruhen. So lagen sie still beisammen, der Dieb und seine Tochter. Er konnte nicht sprechen. Sie konnte nur weinen.

Ein heller, furchtbarer Schrei unterbrach die Stille. Er kam nicht aus dem Flur, wo die beiden Weiber ihren Kampf wieder aufgenommen hatten. Er kam hinten aus der Kammer, in der ein Raub, ein Mord verübt werden sollte, vielleicht gerade in diesem Augenblick vollführt wurde.

Der Schrei erreichte selbst das Ohr des Todtmüden. Er richtete sich auf.

Was war das?

Ein Mord. Die Caroline hat einen jungen Menschen zu sich gelockt. Der lange Wilhelm ist mit ihr.

Der todtmüde Dieb war nicht mehr müde.

Ein Mord? Hier? In dem Hause, in dem mein braves, mein reines Kind wohnt? Ich kann ihnen nicht mehr entkommen. Ich muß zeitlebens in das Zuchthaus. Wie in mein Grab. Da sei denn das Letzte in meinem Leben etwas Gutes.

Er erhob sich, kräftig, noch einmal in seiner alten, vollen Kraft. Er verließ die Kammer. Man hörte ihn zu der Stube schreiten, in der das Verbrechen verübt werden sollte. Oder war es schon verübt?

Man hörte, wie er die Thür aufriß. Dann vernahm man seine kräftige, zürnende, drohende Stimme. Eine andere wollte dagegen reden, die des langen Wilhelm. Aber der Dieb sagte darauf ruhig zu ihm:

Du, mache, daß Du fortkommst. Ein Dutzend Gensd'armen und Polizeidiener sind auf meiner Verfolgung. Sie können jeden Augenblick hier oben sein. Unten sind sie schon. Gieb mir auf der Stelle das Kind da heraus. Oder ich halte Dich, bis sie kommen, und überliefere ihnen den Räuber, der einen wehrlosen Knaben morden wollte.

Es wurde still. Der lange Wilhelm erwiderte nichts mehr. Kein Mensch sprach ein Wort.

Eine Minute später trat der Dieb wieder sin die Dachkammer zu seiner Tochter. Er führte an seiner blutigen Hand einen jungen Mann, nein, einen Knaben, wie schon die Mamsell Louise gesagt hatte, einen zarten, schmächtigen Knaben, der leichenblaß in dem feinen Gesichte war, und am ganzen Körper bebte, wie Espenlaub.

Wie war der zu der Dirne der Mulacksgasse gekommen? In den Schmortopf? In die Diebes= und Räuberhöhle, die für ihn zu einer Mörderhöhle hatte werden sollen?

Er hatte der Führung des Diebes bedurft. Er sank auf den Stuhl nieder, zu dem dieser ihn führte, ermattet, wie ohne Leben.

Die Kranke hatte sich vom Boden erhoben. Sie saß auf dem Rande ihres Bettes. Dort setzte ihr Vater sich zu ihr. Er nahm sie in seine Arme. Sie mußte dennoch ihn unterstützen.

Er hatte nur noch einmal, nur für die wenigen Minuten, seine Kraft zusammen nehmen können.

Sie haben mich gehetzt, wie ein wildes Thier, sagte er. Ich konnte ihnen nicht entkommen. Da sollten sie mich nur hier ergreifen. Ich mußte Dich noch einmal wieder sehen. Sie werden mich nun für mein ganzes Leben in das Zuchthaus bringen. Ich werde Dich nie wiedersehen. Es ist eine schwere Strafe. Aber ich habe sie verdient.

Die Kranke unterbrach ihn mit ihrem bitterlichsten Weinen.

Verdient, Vater? Ist es unsere Schuld, daß wir so arm sind?

Es ist doch auch etwas Anderes, mein Kind. Aber laß uns davon nicht sprechen. Horch, sie machen schon

unten die Thür auf. Sie hatten das Haus gleich hin-
ter mir besetzt. Sie haben nur mehr Hülfe zum
Durchsuchen herbeigeholt. Laß uns Abschied nehmen,
meine arme Charlotte. Halte Dich munter. Daß Du
Dich brav halten sollst, brauche ich Dir nicht zu sagen.
Möge Gott Dir Deine Gesundheit wiedergeben. —
Die Thränen des Kindes flossen wild und
unaufhaltsam. Sie mußte dennoch laut aufschreien,
um ihrem zum Tode gedrückten und gepreßten Herzen
Luft zu verschaffen.
Mein Vater, mein Vater, ohne Dich kann ich nicht
leben, ohne Dich mag ich nicht leben.
Du wirst, mein Kind, Du mußt.
Es ist Gottes Gebot, ermahnte der arme Dieb
das Kind, das er über Alles liebte.
Warum nimmt Gott mir meinen Vater? rief das
Kind, das über Alles seinen Vater liebte.
Andere brave Menschen werden sich Deiner an-
nehmen, suchte er sie noch zu trösten.
Die Häscher waren schon oben.
Er konnte nur noch mit der blutigen Hand in
seine Tasche fahren. Er zog sie, mit Gold gefüllt,
wieder hervor. Er hielt das Gold dem Kinde hin.
Hier, nimm. Es wird Dich auf lange Zeit vor
Elend schützen.
Aber sie konnte es nicht nehmen.
Wie könnte ich das Gold anrühren, für das Du
ins Zuchthaus mußt?
Nimm es, Charlotte. Es ist einem schlechteren
Diebe genommen, als ich bin.
Ich kann nicht, Vater. Ich kann nur sterben. —
Die Thür der Kammer wurde geöffnet.
Der Polizei = Commissarius des Reviers trat mit
zwei Gendarmen ein.
Andere Beamte der Polizei waren draußen auf dem
Flur stehen geblieben. Man hörte das Klirren ihrer
Waffen.

Die Gensbarmen traten mit gezogenen Säbeln in die Kammer ein. Der Polizei-Commissarius hatte ein gespanntes Doppel-Terzerol in der Hand.

Sie hatten auf einen verzweifelten Widerstand des gefürchteten, verwegenen Diebes Carl Stöhler gerechnet. Sie fanden einen wehrlosen, gebrochenen Mann, der nur noch den moralischen Muth einer stillen Ergebung in sein unvermeibliches und nach seiner eigenen Erkenntniß verdientes Schicksal hatte.

Aber das Kind konnte sich nicht ergeben. Der letzte Moment, der ihr den Vater rauben sollte, nahm ihr auch den letzten Rest ihrer Kraft.

Sie umschlang den Dieb mit ihren beiden Armen. Sie hing sich an ihn. Sie umklammerte ihn.

Nehmt mir meinen Vater nicht. Ich kann von meinem Vater nicht lassen.

Es schnitt selbst den Beamten in das Herz.

Sie war so schön, so bleich, so leibend, so voll des tiefsten Schmerzes. Ihre zarten Hände hielten krampfhaft die blutigen Hände des Vaters. Mit den großen blauen Augen sah sie bittend, in höchster Angst flehend zu den Beamten auf.

Der Polizei-Commissarius mußte sich abwenden.

Macht sie von ihm los! befahl er, mit dem abgewandten Gesichte, den Gensbarmen.

Die Gensbarmen standen ohne Entschluß.

Laß mich los, mein gutes Kind, bat der Dieb sein Kind.

Sie konnte es nicht. Sie mußte ihn nur fester umklammern.

Die Gensbarmen wollten dem Befehle gehorchen.

Es kam ihnen Jemand zuvor.

Der junge Mann auf dem Stuhle hatte sich erholt. Er sprang auf. Er drängte sich zu Vater und Tochter, die sich umfaßt hielten.

Er nahm die Hände des Mädchens, weich, sanft.

Gieb der Gewalt nach, mein gutes Kind. Sie ist

hier auch Recht, wenngleich ein trauriges Recht.
Gieb ihr nach. Ich werde Deine Stütze sein.

Er sprach sanft und weich, wie er die Hände des
Mädchens umfaßt hielt.

Sie sahen Alle verwundert auf ihn, den knaben-
haften jungen Menschen, der so schön war, die elegante Kleidung der höheren Stände trug, so mild und
doch so entschieden auftrat, ein Knabe, der das Mädchen in Schutz nehmen wollte.

Der Polizei-Commissarius trat auf ihn zu.

Wer sind Sie junger Herr? Und wie kommen Sie
hier unter die Diebe? Gehören Sie zu der Gesellschaft?

Der junge Mann faßte in die Brusttasche seines
Rocks. Er zog ein kleines Papier hervor, eine Karte.
Er übergab sie dem Polizei-Commissarius.

Aber Schweigen! sagte er.

Der Commissarius warf einen Blick in die Karte.
Seine Augen wurden größer.

Aber ein Polizeibeamter muß Alles, was in seinem
Innern vorgeht, unterdrücken und verbergen können.

Er gab die Karte mit einer stillen Ehrerbietung dem
jungen Manne zurück.

Der Jüngling wandte sich wieder an das Mädchen.

Laß mich die Stelle Deines Vaters einnehmen. Er
hat mir das Leben gerettet. Ich will ihm das Kind retten.

Er sprach so milde. Er goß Milde in das Herz
des Kindes. Er wand sanft die Hände aus denen des
Vaters los. Sie ließ es geschehen.

Fort! befahl der Commissarius leise den Gendarmen.

Der Dieb Carl Stöhler hatte sich erhoben. Er
ging zwischen den Gendarmen der Thür zu, auch leise,
still. Aber an der Thür mußte er sich umwenden,
noch einmal nach seinem armen, kranken Kinde, das er
nicht wiedersehen sollte. Er schluchzte laut.

Lebe wohl, mein Kind, meine Charlotte.

Das Kind war von den Armen des Knaben umfaßt. Er hatte ihr bleiches Gesicht an seine Brust

gelegt. So brückte er sie fest und doch mit so weicher
Liebe an sich.

Sie wollte auffpringen. Die arme Gelähmte hätte
es ja ohnehin nicht gekonnt.

Sie wollte nach dem Vater hinblicken. Er war
schon fort.

Vater, Vater! schrie sie noch einmal laut auf.

Beruhige Dich, Du armes Kind, tröstete sie der
Knabe, der seine Thränen nicht mehr zurückhalten
konnte. Ich will Dir Mutter, ich will Dir Schwester sein!

Aber trotz des Trostes hielt er eine Ohnmächtige
in seinen Armen.

Wer war der Knabe, der der Kranken Mutter und
Schwester sein wollte?

Die Ohnmächtige lag an einem wogenden Busen.
Die Thränen, die auf ihr bleiches Gesicht tröpfelten,
hatten sich unter seidenen Wimpern eines großen dunklen
Auges hervorgerungen und hatten dann Wangen ge-
netzt, die wahrlich nicht minder fein und klar und
durchsichtig waren, wie die des schönen kranken Kindes.
Aber vornehmer, aristokratischer als das der Tochter
des Diebes, war dieses Gesicht unverkennbar.

Wie war die vornehme, aristokratische Dame zu
der Dirne der Mulackszasse, in den Schmortopf gekommen?

3.

Der Inquisit.

Es war am folgenden Abende.

Der Dieb Carl Stöhler war noch in der Nacht
durch die Gensdarmen zum Molkenmarkte Nummer
zwei transportirt und dort dem Polizei - Präsidium
überliefert worden.

Am anderen Morgen wurde er mit dem Berichte
des betreffenden Criminalpolizei-Commissarius von der
Polizei an das Criminalgericht abgegeben und in die

Criminalgefängnisse der Stadtvoigtei, Molkenmarkt Nummer drei, versetzt.

Am Nachmittage desselben Tages wurde er aus dem Criminalgefängnisse durch den langen Verhörgang, der die Gefängnisse der Stadtvoigtei mit dem Gerichts- gebäude verbindet, in die Verhörstube seines Inquiren- ten geführt, um vor diesem sein erstes Verhör zu be- stehen. Von dem Augenblicke an, als der Criminal- bote ihn zum Verhör abholte, war Carl Stöhler wie- der vollständig der Berliner Dieb.

Wie er am gestrigen Abende bei Ausführung sei- nes Verbrechens frech und verwegen, dann, von den Häschern verfolgt, ausdauernd und zähe bis zur letzten Erschöpfung seiner Kräfte gewesen war, so war er jetzt still, ruhig, besonnen, gewandt, stets auf seiner Hut, nach Allem hin mit Ohr und Auge lauernd, um Alles abzuleugnen, um durch nichts sich überraschen, in Ver- legenheit, in Widersprüche bringen zu lassen.

Er war schon so oft vor diesem Criminalgerichte, in diesen Criminalverhören gewesen. Auch sein In- quirent und er waren alte Bekannte. Alte Bekannte pflegen auf einem cordialen Fuße mit einander zu leben. Auch wohl am Criminalgerichte, und auch wenn sie In- quirent und Inquisit sind. Wenigstens auf einer Seite läßt man sich gehen, auf der, die nichts zu verlieren hat. Bei dem armen Teufel, der die Freiheit seines Lebens, gar sein Leben selbst einzusetzen hat, ist es nicht immer so, manch- mal doch auch.

Schon wieder da, Stöhler?

Wie Sie sehen, Herr Criminalrath.

Und gewiß wieder unschuldig?

Ich freue mich, daß Sie es selbst sagen, Herr Criminalrath.

Ei, auch als der Alte bist Du wieder da! Du weißt also auch wohl nicht, warum Du arretirt bist?

Das weiß ich wahrhaftig nicht, Herr Criminalrath.

Wo bist Du verhaftet?

3*

In meiner Wohnung, als ich ruhig bei meinem kranken Kinde saß.

Und wo warst Du vorher gewesen?

Ich hatte einen Spaziergang durch die Stadt gemacht. Der Abend war schön und frisch.

Du einen Spaziergang in der Abendkühle?

Warum nicht, Herr Criminalrath? dürfen das denn nur die Gardelieutenants und die Herren Kammergerichtsassessoren und andere vornehme Leute? Unser Einer muß den ganzen Tag in der dumpfen Stube arbeiten. Dann darf er doch des Abends auch etwas frische Luft genießen.

Wann hättest Du wohl gearbeitet, Freund Stöhler? Du möchtest denn Stehlen arbeiten nennen.

Darüber wurde der Dieb ernst, ernst und bitter zugleich, und die Leser mögen von seinen Lippen vernehmen, was ich im vorigen Kapitel andeutete.

Herr Criminalrath, sagte er, wenn Sie von der letzteren Zeit sprechen, dann haben Sie Recht, und es ist eine Schande, eine Schmach für die Stadt Berlin und für die ganze Regierung, daß Sie Recht haben. Ich wollte arbeiten, als ich das letzte Mal aus dem Zuchthause entlassen wurde. Ich suchte Arbeit. Aber das Erste, was man, mit Recht, von mir forderte, waren meine Papiere, und von allen meinen Papieren hatte die Polizei mir nichts gelassen, als eine richtige Bescheinigung, daß ich schon dreimal wegen Diebstahls, jedesmal so und so lange, im Zuchthause gesessen hätte. Ein bestrafter Dieb! sagten dann die Leute.. Gar schon dreimal bestraft! — Welcher Mensch hätte mir da noch Arbeit geben wollen, Herr Criminalrath? Ich konnte von Thür zu Thür gehen, so weit und so lange ich wollte, ich fand nichts.

Du hättest dich, unterbrach ihn der Criminalrath, an den Gefängnißverein wenden können, wenn es Dir Ernst gewesen wäre.

An den Gefängnißverein, Herr Criminalrath? Auf

ben wollte ich gerade kommen. Ja, er ist dafür da,
entlassenen Sträflingen Unterkommen und Arbeit zu
verschaffen, und er nimmt viel Geld dafür ein, und es
stehen eine Menge vornehmer Herren an seiner Spitze,
auch recht fromme und gottesfürchtige Herren. Nun, ich
wandte mich an ihn und bat um Arbeit, damit ich nicht
stehlen oder mit meinem armen Kinde verhungern müsse.
Aber da wurde mir zuerst gesagt, ich müsse warten,
bis eine Sitzung sei. Die Sitzung war aber erst nach
vierzehn Tagen. Kann man vierzehn Tage hungern,
Herr Criminalrath? Ich wartete. Gute Freunde halfen
mir, die vierzehn Tage gingen um. Ich meldete mich
wieder. Meine Sache sei vorgetragen, wurde mir gesagt, ich solle nur zu dem Präsidenten des Vereins
gehen. Ich ging zu dem Präsidenten, es war ein
sehr vornehmer und frommer General. Er nahm mich
sehr strenge auf.

Geht Er regelmäßig zum Abendmahl?

Regelmäßig, Herr General.

Ich meine, alle vier Wochen.

Nein, Ihro Exzellenz.

Er geht wohl gar nicht zum Tische des Herrn?

In solchen Lumpen, Ihro Exzellenz, kann man zum
Tische des Herrn nicht gehen.

Er geht auch wohl gar nicht in die Kirche?

In solchen Lumpen, Ihro Exzellenz, kann man auch
nicht in die Kirche gehen.

Und Er verlangt, daß der Verein ihm Arbeit
verschaffe?

Darum bin ich zu dem Herrn General gekommen.

Nein, mein Freund, Menschen, die keine Zeichen
der Reue und Besserung haben, können wir mit gutem
Gewissen zu keiner Arbeit empfehlen, und das erste
Zeichen der Besserung muß die Gottesfurcht sein.
Bessere Er sich erst, gehe Er zur Kirche und zum
Abendmahl, und dann melde Er sich wieder.

Aber, du lieber Himmel, Exzellenz, sagte ich, wovon soll ich denn unterdeß leben?

Er besann sich eine Weile, dann setzte er sich hin, schrieb ein Billetchen, siegelte es zu und übergab es mir.

Es war an den Pastor, der der Secretair des Vereins ist.

Gehe Er damit zu dem Herrn Pfarrer, von dem wird Er das Weitere erfahren.

Ich ging zu dem Pfarrer. Bei ihm, dachte ich, werde ich Arbeit erhalten, oder, bis ich sie fände, eine Unterstützung.

Ich kam aus dem Regen unter die Traufe, Herr Criminalrath.

Der Herr Pfarrer war ein würdiger Mann. Er war sehr freundlich gegen mich, auch nachdem er das Billet des Generals gelesen hatte.

Ich sehe zu meinem Bedauern, mein lieber Sohn, daß Er in der Religion vernachläßigt ist.

Sie ist meine starke Seite nicht, Herr Pfarrer.

Das wird sich schon geben, mein Sohn, wenn Er nur den rechten Ernst mitbringt.

Vor Allem, Herr Pfarrer, möchte ich Sie bitten, ob Sie mir nicht Arbeit verschaffen könnten.

Auch die wird sich dann finden, mein theurer Sohn. Es heißt: Bete und arbeite. Zuerst kommt das Beten, dann die Arbeit. Und so finde Er sich denn übermorgen Abend um sechs Uhr in der Missionsstunde ein, und am Sonntag komme Er in meine Kirche, und am nächsten Dienstag, heute über acht Tage, komme Er zu mir in die Christenlehre. Nach deren Beendigung werde ich dann weiter mit Ihm sprechen.

Und Arbeit wollen der Herr Pfarrer mir nicht vorher geben?

Zuerst beten, mein Sohn, wie gesagt.

Und wovon soll ich unterdeß leben, mit meinem armen Kinde, die ein Krüppel ist?

Hier, mein Sohn, nehme Er das. Und nun gehe Er, mit dem Segen Gottes. Ich habe keine Zeit mehr. Er gab mir einen Silbergroschen, und ließ mich stehen. Einen Silbergroschen, Herr Criminalrath! Da haben Sie Ihren Gefängnißverein. —

Kehren wir von dieser Abschweifung zur Sache zurück, sagte der Criminalrath.

Aber er fand für gut, den vertraulichen Ton, in dem er das Verhör begonnen hatte, nicht wieder aufzunehmen.

Du willst also nicht wissen, warum Du in der gestrigen Nacht verhaftet bist?

Ich weiß es nicht, Herr Criminalrath.

So muß ich es Dir sagen. Ich muß Dir aber zugleich bemerken, daß Dein Leugnen Dir nichts helfen, sondern nur Deine Sache verschlimmern kann. Du bist über einem Diebstahl so gut wie ergriffen.

Ich hätte dann in meiner eigenen Kammer, wohl gar mich selbst bestehlen müssen, Herr Criminalrath.

Du stahlst in einem fremden Hause, Du wurdest überrascht. Du nahmst die Flucht. Du wurdest ununterbrochen auf den Fersen verfolgt, bis in deine Wohnung, in der Du arretirt bist. Ist das nicht wie an dem Orte des Diebstahls selbst ertappt?

Ich weiß von dem Allem nichts, Herr Criminalrath. Wo soll denn dieser Ort des Diebstahls gewesen sein?

In der Oranienburgerstraße.

Heute Nacht?

Heute Nacht zwischen eilf und zwölf Uhr.

Ich war heute Nacht gar nicht in der Oranienburgerstraße. Ist dort ein Diebstahl verübt, so muß es ein Anderer gethan haben.

Bei Dir ist das gestohlene Gut gefunden worden.

Das kann nicht möglich sein. Was soll ich denn gestohlen haben?

Fünfzig Stück Friedrichsdor.

Und wem. soll ich sie gestohlen haben?

Der Dieb sah bei der Frage den Inquirenten mit einem eigenthümlich lauernden Blick an.

Der Inquirent mußte eine augenblickliche Verlegenheit zu verbergen suchen.

Du wirst es zu seiner Zeit erfahren, sagte er.

Und warum nicht gleich, Herr Criminalrath?

Ich habe meine Gründe.

Sie wissen es wohl selbst nicht, Herr Criminalrath?

Der Inquisit ließ sich einmal gehen.

Der Inquirent nahm einen strengeren Ton an.

Stöhler, nicht frech! Du weißt, daß ich das Recht hätte, Dich züchtigen zu lassen.

Gut, Herr Criminalrath. Ich werde erwarten, daß Sie mir künftig den Bestohlenen nennen.

Ein klein wenig Hohn lag doch noch in den Worten.

Der Inquirent achtete nicht darauf. Er fuhr fort, aber in anderer Weise.

Er kannte den Dieb. Zu einem Geständnisse war Carl Stöhler nicht zu bringen. Nicht durch Inquirentenkünste, nicht durch lange Verhöre, nicht durch andere Ermüdung. Selbst nicht durch zwanzig Zeugen, die ihm den Diebstahl auf den Kopf zugesagt hätten.

Und der Inquirent hatte hier nicht einmal einen Bestohlenen. In dem ganzen Hause, aus dem der Dieb mit der augenscheinlichen Gefahr seines Lebens entsprungen war, wollte von sämmtlichen Bewohnern kein einziger auch nur um eine Stecknadel bestohlen sein oder überhaupt von einem Diebe etwas wissen; Und doch waren bei dem aus dem Hause entsprungenen Diebe fünfzig blanke Stück Friedrichsdor in zwei Rollen gefunden.

Ein solcher Fall war noch nicht vorgekommen. Die Polizei recherchirte mit möglichen Kräften und Mitteln.

Der Inquirent hielt dem Diebe die vorläufig gegen ihn sprechenden Verdachtsgründe vor.

Verschwenden wir die Zeit nicht, sagte er. Du wirst nicht gestehen. Dein Leugnen wird Dir aber nicht helfen. Folgende Umstände überführen Dich ausreichend. Es handelt sich hier um einen fast auf der That ergriffenen Dieb.

Ich habe keinen Diebstahl begangen, Herr Criminalrath.

Der Dieb, wahrscheinlich weil er im Hause Geräusch gehört, und geglaubt hat, auf keinem anderen Wege entkommen zu können, hat sich durch das Fenster und dann an der Dachrinne herunter, davon gemacht.

Ich weiß nichts davon.

Sein Herumterklettern war von zwei Polizeidienern bemerkt worden, die des Weges kamen. Sie hatten ihn anhalten wollen. Er war ihnen entflohen. Sie hatten ihn verfolgt. Sie waren ihm immer auf der Ferse geblieben. Sie hatten ihn erkannt. Du warst es.

Ich war es nicht, Herr Criminalrath.

Du warst dann arretirt, mit den blutigen Händen, die ihre blutigen Spuren an der Dachrinne zurückgelassen hatten.

Meine Hände waren blutig. Sie sind noch zerrissen. Ich war auf meinem Spaziergange gefallen, und da hatte ich sie mir an den Steinen zerrissen.

Bei Deiner Arretirung wurden fünfzig Stück Friedrichsdor bei Dir gefunden, in zwei Rollen. Wie warst Du zu dem Gelde gekommen?

Ich hatte das Geld auf meinem Spaziergange auf der Straße gefunden.

Siehst Du nicht ein, daß Du mit solchen einfältigen Ausreden nicht durchkommen kannst?

Ich habe die Wahrheit gesagt. Glaubt man sie mir nicht, so ist das ein Unglück für mich.

Hast Du Beweise für Deine Behauptungen?

Nein, das ist eben mein Unglück.

Den Berliner Dieben, wie frech und verwegen sie

immer, wie liftig und schlau sie oft sind, und wie der
Witz ihnen selten fehlt, fast nie haben sie Phantasie.
Sie können gewöhnlich nur die plumpen Ausreden
erfinden. Sie hängen mit einer um so bewundrungs-
würdigeren Zähigkeit daran, den Grund weiß ich nicht.
Ich habe oft an den Schnaps und das andere, Geist
und Körper früh abstumpfende Leben gedacht, dem der
gewöhnliche Berliner Dieb schon als Knabe verfällt.
Aber der Witz und der Humor bleiben ihnen doch.
Nie legen sie übrigens ein Geständniß ab. Es ist
das ein Ehrenpunkt für jeden Einzelnen, wie für die
ganze Genossenschaft. So war es wenigstens früher
und es mochte auch etwas Anderes dazu beitragen. Die
preußischen Strafgesetze unterschieden früher zwischen
einer ordentlichen und außerordentlichen Strafe, je
nachdem der Verbrecher vollständig oder nicht vollständig überführt war. Vollständige Ueberführung war aber
nur da, wenn entweder zwei völlig glaubwürdige Zeugen die That übereinstimmend bekundeten, oder wenn
der Verbrecher ein gerichtliches Geständniß ablegte.
Die ordentliche Strafe beim Diebstahl bestand dann,
neben der Freiheits-Strafe, in einer Zugabe von
Ruthen- oder Peitschenhieben, die bis zu achtzig hinauf gehen konnten. Zwei klassische Zeugen zu einem
Diebstahl nimmt nun weder der Dieb mit, noch kann
der Bestohlene sie jeder Zeit herbeiholen. Die Zugabe jener Hiebe blieb also nur das Prämium eines
freiwilligen gerichtlichen Geständnisses.

Die körperliche Züchtigung ist abgeschafft. Ebenso die
außerordentliche Strafe seit Einführung der Geschwor-
nengerichte. Jener Ehrenpunkt, nicht zu gestehen, soll
seitdem nicht mehr, wenigstens nicht mehr in seiner
Strenge bestehen. —

Carl Stößler legte kein Geständniß ab. Der Inquirent schloß das Verhör mit ihm.

Der Inquisit wurde in das Gefängniß zurück-
geführt.

Er hatte schon auf dem Hinwege zum Verhörzimmer scharf und genau überall umhergeblickt. Seine Augen waren nicht minder aufmerksam auf dem Rückwege zu dem Gefängnisse. Er wollte wohl sehen, ob noch Alles so sei, wie zu der Zeit, da er zum letzten Male hier verhaftet gewesen war. Denn er war zu oft dagewesen, um nicht Alles genau zu kennen.

Es gehörte hierzu freilich viel. Die Stadtvoigtei zu Berlin ist ein wunderlich verwirrtes Gebäude, mit seinen Auf- und An- und Ausbauten aus vier Jahrhunderten, mit seinen hin- und herlaufenden breiten Corridors und schmalen Gängen, mit seinen an allen Ecken und Enden auf- und niederlaufenden Treppen und Stiegen, mit seinen Winkeln und Vorsprüngen. Ein ehrlicher Mensch mag Jahre lang täglich hineinkommen, und er wird sich noch nicht zurechtfinden können. Ein richtiger Berliner Dieb kennt nach vierwöchentlicher Haft die ganze Stadtvoigtei in- und auswendig.

Darin sind die Berliner Diebe sehr schlau.

Carl Stößler kam in seine Zelle zurück.

Er hatte auf dem Wege, unter seinen Beobachtungen auch seinen Plan gemacht. Er hatte allerdings nicht viel zu beobachten gefunden. Geändert hatte sich fast nichts.

Hölzerne Rollklötze dienten den Gefangenen in ihren Zellen zu Stühlen oder Schemeln. Er setzte sich auf einen Klotz, um seinen Plan zusammen zu fassen.

Das Leugnen hilft mir zu nichts, ich sehe es ein. Ich bekomme bis zur Begnadigung oder approximativ lebenswierig, wie sie es nennen. Es ist mein vierter Diebstahl, zugleich ein gewaltsamer. Unter funfzehn bis zwanzig Jahren können sie mir nicht geben. Vierzig Jahre bin ich alt. Noch funfzehn Jahre im Zuchthaus! Ich erlebe keine zehn davon. Also wirklich lebenswierig. Riskiren kann ich also nichts mehr.

Also fort! Vielleicht glückt es mir, außer Landes zu kommen. Ich kann wieder ein ehrlicher Mensch werden. Ich kann mein armes Kind wieder zu mir nehmen. Die arme Charlotte! Das arme, arme Kind. — Er mußte aufstehen, in der engen Zelle umhergehen. Er wurde wieder ruhiger. Er setzte sich wieder auf den Klotz.

Zwar wenn ich bliebe, ich könnte den Burschen mit ruiniren. Der Criminalrath muß mit ihm heraus, wenn er ihn auch noch nicht nennen wollte. Was mochte er dabei immer haben?

Jetzt hätte ich ihn. Aber was hätte ich davon? Ich müßte gestehen, und ich bekäme noch fünfzig Hiebe dazu. Also fort, es bleibt dabei. Je eher desto besser.

Er stand wieder auf.

Er war nicht allein in der Zelle.

Die Berliner Stadtvogtei ist immer überfüllt; auch seitdem Berlin jährlich frommer gemacht — werden soll.

Noch zwei andere Gefangene waren in der Zelle. Carl Stöhler besah sie sich genauer.

Der Eine war ein junger Bursch von etwa siebzehn bis achtzehn Jahren, schmächtig, behende, mit listigen Augen.

Der Andere war ein alter, plumper, träger Kerl mit einem ungeheuren Höcker. Alles war grau an ihm, Gesicht, Augen, Haare, selbst die Lippen. Die grauen Augen starrten dumm, fast blöde vor sich hin. Aber die Lippen waren trotzig, und wie in stets zurückgehaltener Wuth und Tücke, dick aufgeworfen.

Beide waren Diebe, der junge schon zum dritten, der alte vielleicht schon zum dreißigsten Male in Untersuchung.

Carl Stöhler schien sie zu kennen, aber nicht näher, vielleicht nur von Ansehen.

Berlin ist groß, und es hat viele Diebe.

Er wandte sich an sie, an Beide zugleich.

Kennt Ihr mich?

Der Alte antwortete nicht. Er bewegte nicht einmal die Augen.

Sie sind der Carl Stöhler, sagte der junge Bursch.

Ich hoffe, Du kennst mich nur von einer guten Seite.

Ich bin kein Pfarrer und kein Polizeicommissarius. Du könntest mir gefallen, Bursch. Hast Du einen Nagel oder etwas Aehnliches?

Was wollen Sie damit machen?

Bist Du doch dumm, mein Junge? Mit einem Nagel, mit dem kleinsten und dünnsten Stückchen Eisen kann man hier Alles machen.

Zum Beispiel? Ich möchte von Ihnen lernen, Herr Stöhler.

Das sollst Du. Vorerst siehst Du, daß ich diese Ketten trage.

Das sehe ich.

So gieb her, wenn Du etwas hast. —

Der Bursch stand auf und ging an die Mauer der Zelle.

Sie war von Ziegelsteinen, mit weißem Kalk überworfen.

In der Mitte der Mauer arbeitete der Bursch mit seinen Fingernägeln an dem Kalk. Nach einer Minute hatte er ein Stück Kalk zirkelrund abgelöst. Er nahm es heraus. Es hatte ein rundes Loch in der Mauer bedeckt. Das Loch war ein Reservoir des Burschen für alle Sachen, die kein Gefängnißbeamter sehen durfte.

Er suchte darin herum. Er zog einen kleinen eisernen Nagel hervor. Er hielt ihn dem neuen Stubengenossen hin.

Ist der gut?

Ja. Gieb her.

Wollen Sie noch mehr?

Vorläufig nicht.

Der Bursch legte das Stück Kalk wieder in die Maueröffnung.

Er schloß diese so fest und dicht, daß ein Auge, das die Oeffnung nicht kannte, sie nicht sehen konnte. Der Bursch mußte früher mit bewunderungswürdiger Geschicklichkeit und Geduld den Kalk aus der Mauer herausgeschnitten und dann das Loch hinein gemacht haben.

Carl Stöhler, der oft bestrafte und als verwogen bekannte Dieb, trug schwere Fesseln, einen dicken eisernen Reif um den Leib, an einer davon herabhängenden Kette, schwere Ringe um die Füße.

Er war aber nur eingeschlossen, nicht eingeschmiedet.

Er nahm den Nagel. Er prüfte ihn an einem der Schlösser seiner Fesseln, leicht, vorsichtig. Er war geschickt. Nach zwei Minuten sprang das Schloß auf.

Wann kommt der Gefangenwärter? fragte er den Burschen.

Um sieben Uhr.

Jetzt ist es sechs. Bis dahin kann Alles wieder in Ordnung sein.

Er öffnete auch die anderen Schlösser. Er wurde schneller fertig.

Als er sie sämmtlich geöffnet hatte, verschloß er sie wieder. Auch dazu diente seinen geschickten Händen der Nagel.

Dann gab er diesen dem Burschen zurück.

Bring ihn wieder an seinen Platz.

Der Bursche nahm die Kalkscheibe wieder aus der Wand, legte den Nagel in die Oeffnung und verschloß diese wieder.

Er war in dieser Arbeit nicht minder geschickt, wie Stöhler in der seinigen.

Er hatte dennoch dem erfahrneren Diebe mit der gespanntesten Aufmerksamkeit zugesehen.

Der alte, graue Gefangene hatte wieder nicht einmal die Augen bewegt. Alles, was geschehen war, war für ihn nicht dagewesen.

Carl Stöhler sah ihn dennoch eine Weile mißtrau-

lich an. Dann wandte er sich an den jungen Burschen.
Du heißt?

Georg Liedtke.

Du wirst mich nicht verrathen, Georg Liedtke.

Nein.

Ich sehe es Dir an. Aber jener?

Er ist schon zu träge dazu, lachte Georg Liedtke.
Er wird jedesmal gefangen, weil er zu faul zum Lau-
fen ist. Indessen der Wahrheit die Ehre, er ist auch
ehrlich.

Ich wollte es ihm rathen. Du hast doch auch ein
Messer in Deinem Versteck da?

O ja. Was wollen Sie damit?

Ich würde ihn von seinem Buckel befreien, wenn
er ein Wort sagte.

Der alte bucklige Dieb rührte sich wieder nicht,
nicht einmal mit einem Augenzwinkern.

Der Bursch hatte gelacht. Er lachte von neuem.
Sie wollen hier nicht lange bleiben, Herr Stöhler!
Wie Du siehst. Willst Du mit?

Ich habe keine Lust. Ich bin ein Unglücksvogel.
In acht Tagen hätten sie mich wieder, und dann bekäme ich auch Ketten.

Du hast gesehen, wie man sie los werden kann.

O ja. Aber ich will auch noch mehr lernen. Da
mögen sie mich denn ein halbes Jahr ins Zuchthaus
schicken. Ich bin noch jung, und mehr bekomme ich
diesmal nicht.

Du bist ein vernünftiger Bursch, Georg Liedtke,
und Du wirst mir helfen, wenn Du auch nicht mit
willst.

Gewiß. Ich bin nur neugierig, wie Sie es anfangen werden, von hier fortzukommen.

Denkst Du Dir das so schwierig?

Ich meine. Sie wissen doch, wo wir hier sind?

Ich habe zwar noch nicht in dieser Zelle gesessen,
aber schon in dem nämlichen Gange.

Wir sind im zweiten Stock.

Ich weiß es.

Das Fenster dort — die Traillen könnte man schön auf die Seite schaffen — geht unmittelbar auf das Wasser.

Ja, die Spree ist unten.

Und, wenn Sie auch springen könnten und unter= tauchen und schwimmen, wie der lange königliche Tän= zer, ich glaube, Stuhlmüller heißt er — ich habe ihn einmal bei den Halloren von einem Gerüste springen sehen, das gewiß so hoch war, wie wir hier sind — was würde es ihnen nützen? Auf dem Wasser sind immer Wachtschiffe.

Auf dem Wege will ich auch nicht fort, mein Bursch.

So blieben die Mauern. Aber sie sind von Stein, und fünf Fuß dick.

Auch durch die Mauern will ich nicht.

Diese Thür wäre noch da.

Ja, sie ist noch da.

Durch sie wollten Sie?

Durch sie will ich.

Und wohin kämen Sie durch sie?

Ich weiß es, in den Gang.

Und wissen Sie, wer und was in dem Gange ist?

Ein schläfriger Gefangenwärter und zwei dumme Rekruten als Schildwachen.

Und?

Das kluge Auge des lernbegierigen jungen Diebes suchte vergeblich in dem Gesichte des Meisters dessen Entschlüsse zu lesen. Er wollte ihn wohl bewundern, aber er mußte ihn zuerst begreifen.

Carl Stöhler war ganz der gewiegte Meister und auch der bereitwillige Lehrmeister.

Und Bursche! Höre mir zu. Doch vorher, noch Eins. Du hast in Deinem Versteck wirklich ein Messer?

Ich sagte es schon.

Giebst Du es mir?

Wenn Sie es zu Ihrer Flucht nöthig haben, gern.

Ich habe es nöthig.

Hier ist es.

Es ist eine schöne, starke Klinge. Jetzt höre, ich kann es freilich mit wenigen Worten abmachen. Die Thür hier muß mir der schläfrige Gefangenwärter selbst öffnen.

Muß? Wie wollen Sie ihn dazu zwingen.

Mit der leichtesten Weise. Du wirst sehen. Dann wird er an meiner Stelle hier eingesperrt.

Aber wie das?

Wiederum einfach. Du wirst auch das sehen. Darauf muß die Schildwache draußen, einer der beiden dummen Rekruten, die Uniform mit meinem Zeuge vertauschen.

Georg Liedtke fing an, ungläubig den Kopf zu schütteln.

Wenn das Alles so ginge.

Es muß gehen, durch ein wenig Wagen, durch etwas Ueberraschung, damit kann man eigentlich die Welt regieren. — Stecke ich dann erst in der Uniform, so läßt jeder Schließer mich hin, wohin ich will.

Ich will Ihnen das Alles wünschen, Herr Stöhler, aber —

Du zweifelst an dem Gelingen?

Sehr stark.

Du hast noch sehr viel zu lernen. Doch schweigen wir jetzt. Es nahen Schritte. Es könnte der Gefangenwärter sein.

Es war der Gefangenwärter. Er machte die Runde durch die seiner Aufsicht anvertrauten Zellen des Ganges, um nachzusehen, ob für die Nacht Alles in Ordnung sei. Es war die letzte Runde des Tages.

Er fand in der Zelle Alles in Ordnung und ging weiter.

Es war sieben Uhr Abends.

Der Dieb und sein Kind.   4

Kannst Du wachen, Georg Liedtke? fragte Carl Stößler den Burschen, als der Wärter fort war. Gewiß.

So bleibe wach bis halb zwölf, dann ist Alles im festesten Schlafe. Dann wecke mich. Punkt halb zwölf, wenn Du die Uhr auf dem Nicolaithurme schlagen hörst. Wirst Du? Ich werde. Sie können sich auf mich verlassen. Und nun gieb Deinen Nagel wieder her.

Der Bursch holte den Nagel wieder hervor. Der Dieb schloß damit wieder die Schlösser seiner Fesseln auf. Dann legte er sich auf die Pritsche der Zelle zum Schlafen. Er war nach wenigen Augenblicken eingeschlafen. Er konnte wohl der Ruhe bedürftig sein. Wie Vieles hatte er in den letzten vierundzwanzig Stunden durchgemacht!

Der Bursch setzte sich vor die Pritsche. Er mußte mit Bewunderung auf den so ruhig schlafenden Mann sehen, von dem er zu viel gehört hatte, als daß er ihn für einen Prahler oder Großsprecher halten konnte. Und auch mit Genugthuung sah er auf ihn. Wie viel hatte er in kaum einer Stunde von dem Manne gelernt! Der graue Dieb mit dem Buckel war schon lange eingeschlafen. Er konnte nur noch essen, trinken, träge und stumpf vor sich hinstarren und dann vollends schlafen.

Die Uhr auf dem Nicolaithurm schlug halb zwölf. In der ganzen Stadtvoigtei herrschte schon seit einer Stunde die tiefste Stille. In dem Gange vor der Zelle hatte man noch bis ungefähr halb eilf Uhr den Gefangenwärter, der dort die Nachtwache hatte, auf- und abgehen hören. Sein Schritt war immer langsamer und schwerer geworden. Dann hatte er ganz aufgehört. Der müde Mann mußte sich auf einen Stuhl gesetzt haben, der in der Mitte des Ganges stand. Von dort aus konnte er den ganzen Gang übersehen, wenn er — nicht schlief.

Man hörte seitdem nur noch den nicht minder
trägen Schritt der beiden Schildwachen, die in den
Gang postirt waren. Sie waren an den beiden Enden des Ganges. Ohne Noth durften sie dort ihren
Posten nicht verlassen, und sie verließen ihn nicht.

Es schlägt halb zwölf, weckte Georg Liebtle seinen
Mitgefangenen.

Carl Stöhler sprang von der Pritsche auf. Er
war rüstig. Der Schlaf hatte ihm wohlgethan.

Wollten Sie wirklich Ihren Entschluß noch aus-
führen? fragte ihn der Bursch.

Zweifelst Du noch daran?

Möge der Himmel Ihnen beistehen, Herr Stöhler.

Das war ein gutes Wort, Bursch, erwiderte ihm
der Dieb.

Er schien auf einmal wieder ein anderer Mensch
geworden zu sein.

Draußen in der Freiheit hatte er Züge eines tief
fühlenden Herzens und einen Charakter gezeigt, der
besserer Regungen und Entschlüsse fähig war.

In dem Gefängnisse war er herzlos, roh, cynisch
erschienen.

That es die Luft des Gefängnisses, alte Gewohnheit und Erinnerung des früheren Gefängnißlebens?

Ist nicht auch überhaupt der Mensch besser und
edler in der Freiheit, als in der Unfreiheit? —

Er wollte seine Freiheit wieder gewinnen. Die
bessern Gefühle kehrten in ihn zurück.

Ja, Bursch, das war ein gutes Wort von Dir.
Möge es ein wahres Wort werden. Ich habe ein
armes Kind, die ohne mich in der weiten Welt von
der Welt verlassen ist. Sie kann nicht leben ohne
mich. Zu ihr muß ich. Ich muß, und sollte es mir
das Leben kosten. Hilf mir jetzt. Thue Alles, was
ich Dir sage. Genau pünktlich. Passe auf. Jetzt! —

Er nahm das Messer, das ihm der Bursch gegeben hatte und öffnete die Klinge. Er ging zu der

4*

Thür des Gefängnisses. Er wollte an die Thür klopfen. Er besann sich.

Gib mir Dein Taschentuch, Bursch. Meins muß
ich nachher noch gebrauchen. Doch nein, man würde
Dich der Begünstigung meiner Flucht bezüchtigen.
Ziehe dem Buckligen sein Tuch aus der Tasche.

Der Bursch zog dem schnarchenden Buckligen ein
Tuch aus der Tasche und gab es dem Diebe.

Gib mir auch das leinene Kamisol des Mannes
her, das da an der Wand hängt.

Der Bursch gab ihm auch das Kamisol.

Der Dieb riß es in vier Streifen.

Nun, Georg Liebtke, sagte er dann, lege Dich auf
Deine Pritsche und schlafe, und wache nicht auf, was
Du auch hören und sehen mögest. So kann kein
Mensch in der Welt wegen meiner Flucht Dir etwas
anhaben.

Der Bursch legte sich auf die Pritsche.

Jetzt klopfte Carl Stöhler an die Thür der Zelle,
nicht leise, aber auch nicht überlaut.

Draußen rührte sich nichts.

Er klopfte zum zweiten Male.

In der Mitte des Ganges entstand ein Geräusch.

Er rührt sich. Er ist erwacht. Er wird kommen.

Der seit einer Stunde nicht mehr gehörte schwere
Schritt des Gefangenwärters nahete sich der Zelle.

Wurde hier geklopft? fragte die Stimme des Mannes durch die Thür.

Ja, Herr Gefangenwärter, antwortete Carl Stöhler.

Was habt Ihr denn?

Schließen Sie schnell auf.

Aber was giebt es?

Der bucklige Mensch hier in der Zelle hat sich er-
hängt. Er hat noch Leben; aber der Bursch und ich
haben nichts, womit wir ihn abschneiden können. Machen Sie schnell auf, sonst ist es zu spät.

Der Gefangenwärter hatte die Thür schon geöffnet.

Carl Stöhler stand unmittelbar an der Thür, ihn
zu empfangen.

Er trat ein. Carl Stöhler griff ihn an die Gur-
gel, drückte sie ihm fest und stieß mit dem Fuße die
Thür hinter ihm zu.

Dann warf er den überraschten und erschrockenen
Mann nieder, und kniete auf ihn.

Ein Laut, Herr Gefangenwärter, oder eine Bewegung, sich frei zu machen, und Sie haben ein Messer
in der Kehle.

Der Gefangenwärter rührte sich nicht. —

Der Dieb nahm das Schnupftuch des Buckligen.
Er hatte schon früher einen Knoten hineingebunden.
Den Knoten steckte er dem Wärter tief in den Mund;
hinten im Nacken band er die Zipfel des Tuches fest
zusammen. Der Mann war geknebelt.

Dann nahm er einen nach dem andern der vier
Streifen, in die er das Kamisol des Buckligen zer-
rissen hatte. Er band damit jedesmal doppelt die
Arme und die Beine des Wärters zusammen. Der
Mann konnte sich nicht rühren.

Ueberraschung und Furcht für sein Leben hatten
ihn willen- und widerstandlos gemacht.

Carl Stöhler verließ ungehindert die Zelle. Draußen im Gange blieb er horchend vor der Thür stehen,
Er bemerkte nichts Verdächtiges.

Er schloß die Thür der Zelle zu. Der Gefangenwärter war Gefangener an seiner Statt, und ein Gefangener, der sich nicht bewegen, der nicht einmal rufen konnte.

Der Gefängnißcorridor war matt erleuchtet. Es
brannten drei trübe Oellampen darin. Eine in der
Mitte, dort, wo der Gefangenwärter an einem kleinen
Tische auf einem Stuhle gesessen hatte. Eine zweite
und eine dritte zu den beiden Enden des Ganges.
Der Gang lief etwas bogenförmig. In der Mitte
konnte man ihn ganz, bis nach seinen beiden Enden

hin übersehen. An jedem der beiden Enden sah man aber nicht bis zu dem andern.

Der Dieb hörte die beiden Schildwachen an den Enden. Sie gingen in ihrem langsamen, gleichmäßigen Schritt auf ihren Posten auf und ab. Sie mußten nichts vernommen haben, auf nichts aufmerksam geworden sein.

Und wenn auch, sagte sich der Dieb zufrieden, diese Rekruten sind erschrecklich gehorsam. Sah doch einer das Kind seines künftigen Königs aus dem Fenster fallen. Es fiel drei Schritte weit vor ihm nieder. Aber er ließ es liegen, weil es einen Schritt weiter lag, als er, nach dem Befehle seines Unteroffiziers, gehen durfte.

Er ging nach dem einen Ende des Corridors, dorthin, wo er den Soldaten nicht gesehen hatte, wo also auch dieser ihn nicht hatte sehen können. Er schlich leise, dicht an der Mauer. Er paßte den Augenblick ab, da der Soldat ihm den Rücken zugekehrt hatte.

Dann flog er und ehe der Soldat sich hatte umwenden können, hielt er ihn von hinten umfaßt, und er drückte ihm die Kehle zusammen, wie vorhin dem Gefangenwärter.

Ein Laut oder eine Bewegung, Mensch, und Du bist des Todes.

Damit hatte er ihm zugleich das Gewehr mit dem Bajonet entrissen.

Der Rekrut zitterte, daß der Dieb ihn festhalten mußte.

Der General Müffling hatte Recht, sagte der Dieb, daß er die Soldaten nicht mehr zur Bewachung von Dieben und Räubern hergeben wollte. Sie passen nicht dazu.

Er ließ den Soldaten los, und setzte ihm die Spitze des Bajonets auf die Brust.

Kleide Dich aus, Bursch.

Der Mensch kleidete sich mechanisch aus.

Der Gehorsam gegen den, der ihm zu befehlen
mußte, schien ihm zur andern Natur geworden zu sein.
Er war gut dressirt — ich glaube das ist der militairische Ausdruck — und er war noch Rekrut. Ein Beweis nebenbei bemerkt, daß man die dreijährige Dienst-
zeit als überflüssig dürfte betrachten können.

Der Soldat stand nackt bis auf das Hemd da.

Der Dieb zog sein Taschentuch hervor, sein eignes,
dessen Gebrauch er sich vorhin vorbehalten hatte. Er
machte schnell einen Knoten hinein. Dann griff er den
zitternden Burschen wieder an die Kehle und knebelte
ihn, wie vor wenigen Minuten den Wachtmeister.

Darauf entkleidete er sich selbst. Aber zuerst zog
er nur seine Jacke aus. Er zerriß sie in Streifen.
Mit den Streifen band er dem Soldaten die Hände
und dann die Füße zusammen, auch wie vorhin dem
Gefangenwärter.

Auch der Soldat konnte sich nicht rühren und nicht
rufen.

Als er damit fertig war, fuhr er fort, sich ganz zu
entkleiden und umzukleiden. Er warf sich in die Uniform des Soldaten, setzte dessen Pickelhaube auf, nahm
dessen Gewehr und Waffe.

Zehn Schritte von ihm war die Thür zu dem
Gange. Er ging hin.

Sie war verschlossen. Er wußte es. Er wußte
auch, daß an ihrer andern Seite ein Gefangenwärter
die Wache hatte.

Er klopfte an die Thür.

Der Gefangenwärter jenseits öffnete sie. Was giebt's?

Seien Sie so gut, mich herauszulassen, Herr Gefangenwärter. Mir ist so verdammt unwohl geworden. Ich kann es nicht mehr aushalten. Ich gehe
zur Wache und schicke Ihnen einen andern Posten.

Er schwankte dabei, wie einer Ohnmacht nahe, hin
und her. Elend sah er ohnehin genug aus.

Der Gefangenwärter ließ ihn hinaus.

Er war noch lange nicht im Freien.

Er hatte noch einen weitläufigen Gang zu durch= schreiten, dann drei Treppen hinunterzusteigen. Dann endlich der Ausgang aus der Stadtvoigtei selbst! Das Schlimmste dabei war, daß ihm hier überall Soldaten begegneten. Mit den Gefängnißbeamten, mit denen er noch zusammentreffen mußte, konnte er schon fertig werden, sie hielten ihn für einen Soldaten, den sie überall passiren ließen. Aber die Soldaten mußten auf den ersten Blick den falschen Kameraden heraus= erkennen, und wenn ihm auch im Innern des Gefäng= nisses Ueberraschung und Schreck noch ferner hätten helfen können, an dem Ausgangsthore auf sie zu rech= nen, wäre Wahnsinn gewesen. Unmittelbar an diesem war die aus zwei Rotten bestehende Hauptwache, vor den Gewehren stand ein Posten, gerade dem Posten gegenüber schlief in seiner verschlossenen Loge der Por= tier, er führte den Thorschlüssel und mußte zum Auf= schließen erst geweckt werden.

Carl Stöhler verlor dennoch den Muth nicht.

Bin ich so weit gekommen, werde ich weiter kom= men. Der Muth hat mir bis jetzt geholfen; nun muß das Glück mir helfen.

Wie? das wußte er selbst nicht. Wer kann dem Glücke die Wege vorzeichnen? —

Er schritt rasch in den langen Gang hinein. Es standen zwei Posten darin, wie in dem Corridor, aus dem er gekommen war.

Als er in die Nähe des ersten kam, begann er wie= der zu schwanken, als wenn ihm unwohl sei. So ge= wann er Gelegenheit, sein Gesicht von dem Mann ab= zuwenden, daß dieser ihn nicht erkennen konnte.

Der Soldat verwunderte sich jedoch sogleich über den schwankenden Kameraden.

Ha, Mensch, was turkelst Du denn so?

Er bekam keine Antwort. Er wurde mißtrauisch.

Zum Donner, Einer, der seinen Posten verlassen hat, und so an Einem vorbeischießt! Das geht nicht mit rechten Dingen zu.

Er wollte dem Diebe nachstürzen. Aber dieser war schon weiter, als er, nach der Anweisung des Unteroffiziers, von seiner Stelle sich entfernen durfte. Und er war nicht minder gehorsam, als jene Schildwache, die das aus dem Fenster gefallene Königskind an der Erde liegen ließ. Er ließ den Dieb gehen.

Carl Stöhler hatte hier ferner Glück.

Der zweite Soldat stand unmittelbar an der Treppe, die er hinuntersteigen mußte. Und unmittelbar über ihm brannte an der Wand eine Lampe. Dieser Mensch mußte ihn als den falschen Kameraden erkennen, ihm das Bajonet vor die Brust halten, um Hülfe rufen, das ganze Haus in Alarm und auf die Beine bringen.

Aber der Mann stand starr an die Mauer gelehnt, das Gewehr im Arm und — schlief.

Auf der Treppe begegnete ihm Niemand. Er erreichte ungehindert ihr Ende. Durch eine offene Thür trat er aus dem Gebäude. Er war in der freien Luft, aber noch nicht im Freien.

Er befand sich auf dem kleinen, mit Steinen bepflasterten Hofe, an dessen Ende das Ausgangsthor der Stadtvoigtei liegt, und vor diesem die Wache und die Portierloge.

Er blieb stehen. Es war dunkel auf dem Hofe. Er horchte und starrte in die Finsterniß.

Es war überall still. Nur der Posten an dem Thore ging in seinem langweiligen, gleichmäßigen Schritte auf und ab.

Ob ich es wage? In der Dunkelheit kennt er mich nicht. Aber unter welchem Vorwande? Einen Rapport, eine Meldung nach außen? Der Unteroffizier mußte sie mir aufgetragen haben. Eine Ohnmacht hilft mir hier noch weniger. Ich will doch recognosciren.

Er schlich leise näher. Er kam bis auf fünf Schritte an den Thorposten heran.

Der Soldat maß unbesorgt, ohne eine Ahnung, daß etwas Fremdes, gar eine Gefahr in seiner Nähe sei, seine Schritte links und rechts ab. Mit dem Kerl könnte ich fertig werden. Der Portier schläft. In der Wache schlafen sie eben so gewiß. Ich könnte ihm das Bajonet in den Hals rennen, ehe er nur anfangen könnte, zu schreien. Säße ihm das kalte Eisen einmal drin, so wäre es für ihn mit allem Schreien vorbei. Aber was hälfe es? Er hat den Schlüssel nicht. — Teufel, was fällt mir da ein? Es geht doch. Ich würfe den Leichnam auf die Seite und klopfte dann den Portier selbst heraus. Dem alten Esel ist schon etwas weiß zu machen, und er weiß den Teufel davon, welcher Rekrut gerade auf Posten steht. — Ob ich es wage?

Er schwankte, doch der Drang der Freiheit auf der einen, das Erschrecken vor der Vernichtung eines Menschenlebens auf der andern Seite!

Auf einmal fuhr er auf, vorwärts.

Goldene Freiheit! schien es in ihm zu rufen.

Mein Kind, mein Kind! rief es auch vielleicht in ihm.

Aber er fuhr schnell wieder zurück.

Der Posten am Thore hatte plötzlich seinen regelmäßigen Schritt unterbrochen, war einen Augenblick stehen geblieben, und wandte sich nun zu der Thür, die in das Wachzimmer führte. Er öffnete sie.

Herr Unteroffizier! rief er hinein.

Auf die zwei Worte war der Dieb zurückgefahren. Aber er floh nicht ganz. Er drückte sich nur dichter an die dunkle Wand, und so näher wieder zu der Thür hin, aus der er gekommen war. Dann blieb er horchend stehen. Zu seinem Glück. Er hörte folgendes Gespräch:

Herr Unteroffizier!

Was giebt's?

Da hinten wird es so hell.

Wo da hinten?

Da hinten nach oben, zwei Treppen hoch. Alle Fenster werden auf einmal hell und Leute gehen hin und her.

Warte, ich werde nachsehen.

Der Soldat hatte Recht gehabt. Auch der Dieb konnte es aus seinem Versteck sehen. An einer Seitenmauer des Hofes, zwei Treppen hoch, waren eine ganze Reihe von Fenstern hell geworden, und mehrere Menschen gingen hin und her.

Was mag das sein? fragte sich auch der Dieb. Das ist doch nicht der Gang, aus dem ich gekommen bin? Der Teufel werde aus diesem confus gebauten Neste klug. — Wenn Einer hineingekommen wäre, und hätte die geknebelten Soldaten gefunden, und dann den Gefangenwärter! Jetzt gerade vielleicht fänden sie ihn. Nun dieser Spektakel! Und wohin sollte ich?

Der Unteroffizier war zu der Schildwache hinaus getreten.

Du hast Recht, Bursch, was mag das sein? War es schon lange so?

So eben erst, Herr Unteroffizier.

Da wird doch kein Feuer entstanden sein!

Was meinen Sie, Herr Unteroffizier, wenn wir den Portier weckten?

Du hast Recht.

Es wurde an die Portierloge gepocht.

Was giebts? rief auch die derbe Stimme des großen, breitschultrigen, dunkelrothen Portiers der Stadvoigtei.

Kommen Sie mal heraus, Herr Portier.

Was soll ich.

Sehen Sie mal nach oben hin. Da ist doch kein Feuer?

Aber da knurrte der Portier gewaltig.

Dummes Zeug! Da haben sie am Criminalgerichte

wieder einmal einen neuen einfältigen Affeffor gekriegt, der sich für ein Genie hält und ein Mitternachtsverhör abhält.

Ein Mitternachtsverhör, Herr Portier, was ist benn das?

Dummes Zeug, sage ich Ihnen. Laffen sie mich schlafen.

Man hörte ihn seine Loge zuschlagen.

Ein Mitternachtsverhör, was mag das sein? wiederholte der wißbegierige Unteroffizier.

Alle seine Soldaten waren zwar auf die Beine gekommen. Aber sie wußten es auch nicht.

Carl Stöhler wußte es und er sah auf einmal Licht vor sich und er hatte seinen Entschluß gefaßt.

Hier unten ist nichts zu machen. Sie sind einmal wach und werden es bleiben bis zur Ablösung, und bei der Ablösung werden die gebundenen Soldaten gefunden und ich wäre verloren. Aber das Mitternachtsverhör ist nicht zu bezahlen.

Er kehrte in das Gefängnißgebäude zurück. Aber nicht zwei sondern nur eine Treppe hoch, bis zum ersten Stock. Er wußte im Innern wieder überall Bescheid. Ein schmaler winkliger Gang zog sich nach links.

Es lagen keine Gefängniffe baran; es waren also auch weder Gefangenwärter noch Schildwachen ba.

Er schritt in den Gang hinein.

Am Ende deffelben führte eine schmale Treppe nach oben, die er hinaufstieg.

Er kam wieder in einen engen, winkeligen, leeren Gang und stand vor einer verschloffenen Thür.

Jenseits der Thür hörte er Schritte sich hin und her bewegen.

Durch eine Rize brang der Schimmer eines Lichtes.

Ohne sich zu besinnen klopfte er rasch und laut an die Thür.

Aber manchem meiner geneigten Leser wird es er=
gehen, wie dem wißbegierigen Unteroffizier. Sie wer=
den nicht wissen, was ein Mitternachtsverhör ist, und
es doch gern wissen wollen. Ich muß ihre Wißbegierde
befriedigen.

Ein Mitternachtsverhör ist eben ein mitternächt=
liches Verhör, das ein Inquirent mit einem leugnen=
den Inquisiten anstellt, und es gehört zu der Kunst
oder zu den Künsten des Inquirirens.

Der Inquisit wird in der feierlichen Mitternachts=
stunde plötzlich geweckt. In feierlicher Stille führen
ihn zwei stumme Gefangenwärter in das Verhörzim=
mer. Das Verhörzimmer ist feierlich erhellt. Unter
den feierlichen Schlägen der Mitternachtsstunde tritt
der Inquirent vor den Juquisiten und mahnt ihn, in
diesem feierlichen Moment in sich zu gehen und der
Wahrheit die Ehre zu geben. Manchmal zieht er auch
den Vorhang von einem Cruzifixe, zu den Füßen des
Cruzifixes liegt ein weißer Todtenkopf.

Es soll helfen.

Der Portier der Stadtvoigtei zu Berlin nannte es
„dummes Zeug."

Die Thür, an welcher der Dieb Carl Stöhler ge=
klopft hatte, war die Thür, die aus dem langen Ver=
hörgange des Criminalgerichts in die Criminalgefäng=
nisse führte. Sie wurde augenblicklich von innen ge=
öffnet. Ein Diener des Criminalgerichts öffnete sie.

Die Gerichtsdiener in Berlin werden vom Publi=
kum mit dem lateinischen Namen Nuntius geehrt.

Berlin ist bekanntlich die Stadt der Intelligenz. —

Der Nuntius stutzte, als er einen Soldaten vor
sich sah.

Was wollen Sie?

Ich habe eine schleunige Meldung nach der Schloß=
wache zu machen.

Warum sind sie nicht durch das Thor am Wacht=
hause gegangen.

Ihnen kann ich es im Vertrauen sagen, Herr Nuntius. Ich habe eine Meldung direkt vom Herrn Polizei-Präsidenten. In der Wachtstube sollen sie es nicht wissen.

Der Herr Nuntius brummte noch etwas in den Bart, aber er ließ den vermeintlichen Soldaten ein, führte ihn selber durch den langen und krummen Verhörgang, schloß ihm dann am untern Ende die Thür auf und entließ ihn.

Unten werden sie den Portier finden.

Der Dieb athmete auf.

Ich bin frei. Mit dem verrückten Portier werde ich schon fertig werden.

Er ging im ruhigen Schritt die drei breiten Treppen des Criminalgerichtsgebäudes hinunter.

Unten blieb er an der Portierloge stehen.

Herr Portier! rief er laut und dringend durch das Fenster der Loge.

Ewige Sterne des Himmels, welch Geschick stört schon wieder meinen Schlummer? fuhr im Innern eine Stimme auf.

Machen sie mir geschwind auf, Herr Portier.

Er trat aus der Loge, ein langer, hagerer Mann, in einem langen, feuerrothen Mantel, den Kopf mit einem strohgelben Tuche umwickelt.

Der Dieb hatte ihn den „verrückten Portier" genannt.

Er war früher Schauspieler gewesen und hatte zuerst Heldenrollen gespielt, dann zärtliche Väter, dann Intriguanten, dann Allerlei, auch den Samiel, von dem er den rothen Mantel noch hatte, aber nur für die Nacht.

Edler Waffenträger, woher und wohin in der Stunde der Mitternacht?

Eine Ordonanz! Machen Sie auf.

Ha, eine Ordonanz, das bindet einen. —

Aber machen Sie auf. Ich habe Eile.

Der Portier schwieg und machte auf.

Der Dieb war im Freien und frei.

Ein Bauerlümmel bleibt ein Bauerlümmel, auch wenn er Rekrut ist, machte der Portier seinem Zorn hinter ihm her Luft.

4.

Ein Spiel mit Hindernissen.

In dem Kroll'schen Local war es zum Erdrücken voll; im Garten, im Sommertheater, wie in den weiten Sälen des ungeheuren Hauptgebäudes. Der Abend verminderte nicht die Zahl der Fremden, er brachte immer neue Gäste. Ein brillantes Feuerwerk sollte abgebrannt werden; es sollte den Tag bei Kroll beschließen.*)

Zu Kroll geht auch Mancher, der das Nützliche mit dem Angenehmen zu verbinden sucht und zu verbinden weiß.

Einzelne von Diesen schlichen schon draußen vor dem Locale leicht und leise umher, von einer Gruppe der auch dort stehenden Zuschauer zu einer anderen, in den Gruppen von einem Zuschauer zu dem andern, eigentlich von einer Tasche zu der andern.

Berlin hat viele brave, sparsame Bürger, die gern ein Feuerwerk bei Kroll sehen, aber bei sich denken: was sollst Du zehn Silbergroschen dafür ausgeben? Draußen, vor dem Kroll'schen Etablissement, auf dem Exerzierplatze, siehst Du es umsonst und ebenso gut. Auch die Musik hört man dort.

Sie waren auch an jenem Abend da, und sie lausch-

---

*) Man vergesse nicht, daß unsere Erzählung vor fast 20 Jahren, also zu einer Zeit spielt, in welcher noch Feuerwerke im Kroll'schen Locale an der Tagesordnung waren und eine stete Anziehungskraft übten.

ten der Mufit und warteten auf das Feuerwerk, mit
voller Hingebung — es koftete ihnen ja nichts —
bis fie auf einmal erfchroden in ihre Tafchen fuhren
und, für die erfparten zehn Silbergrofchen, fich vielleicht um zehn Thaler leichter fühlten.

Während fie fluchten und fchimpften, waren die
Diebe in dem Dunkel der Linden und Kaftanien ver-
fchwunden, die den Exerzierplatz einfaffen, und fie be-
fahen fich die Uhren und den Inhalt der Börfen, die
fie aus den fremden Tafchen gezogen hatten.

So that auch einer von ihnen, ein noch fehr junger, aber fchon fehr gewandter Burfch. Sehr vor-
fichtig war er jedoch nicht. Während er mitten im
Zählen war, legte fich auf einmal feft und fchwer eine
derbe Hand auf feine Schulter.

Der erfchrockene Burfch wollte fich losreißen. Da
hörte er eine bekannte Stimme:

Du auch hier, Georg Liedtke?

Der Burfch blieb.

Wie haben Sie mich erfchreckt, Herr Stöhler!

Es waren Carl Stöhler und Georg Liedtke, die
Mitgefangenen in der Stadtvoigtei, die fich hier uner-
wartet trafen.

Ein ordentlicher Menfch, aus dem etwas werden
will, fagte der ältere Dieb, muß fich niemals erfchrecken.
Aber ich meinte, Georg Liedtke, Du hätteft noch da
in der Haft bleiben wollen, um noch etwas Tüchtiges
zu lernen.

So wollte ich, Herr Stöhler, aber ich befann mich
anders. Mit dem dummen Buckligen war nichts auf-
zuftellen, und da Sie einmal fort waren, bekam ich auch
eine fo unendliche Sehnfucht nach der Freiheit.

Ja, es geht nichts über die Freiheit. Und wie
kamft Du denn fort?

Es wurde mir leicht. Ich war zum Verhör geführt. In dem Verhörgange ftand Kopf an Kopf; fo

konnte ich in einem Augenblicke, als die Thür des
Ganges aufging, leicht entwischen.

Höre, Bursch, schrecklich klug sind sie am Criminalgerichte auch nicht. Wie viele Gefangenen entkommen ihnen schon seit Jahren und noch immer durch den
Verhörsgang!

Geht das uns etwas an, Herr Stöhler?

Darin hast Du Recht. Ich sehe, aus Dir kann
etwas werden, trotz Deines Erschreckens. Gute Ge-
schäfte hast Du auch heute Abend schon gemacht, wie
ich vorhin bemerkte.

Es geht an. Ich möchte nur noch mehr versuchen,
besonders jetzt in Ihrer Gesellschaft, Herr Stöhler.
Was meinen Sie, wenn wir uns ein Billet nähmen
und in das Etablissement gingen? Geld habe ich.

Carl Stöhler schüttelte jedoch zu dem Antrage den
Kopf.

Da drinnen sind zu viele Polizeibeamte, und die
ganze Berliner Polizei vigilirt auf mich.

Nur das war sein Grund. Er hatte in der Stadtvoigtei die besten Vorsätze gefaßt. Ein besserer Geist
schien ihn dort beseelt zu haben. Aber was sind die
Vorsätze eines Diebes in der Stadtvoigtei?

Er war erst seit drei Tagen in der Freiheit, und
schon hatte er wieder gestohlen; der neue Rock zeigte
es, den er trug, ein neuer Hut, sein ganzes gutes
Aussehen. Vielleicht, ja beinahe gewiß, hatte er schon
gleich am ersten Tage gestohlen. Freilich leben mußte er,
und wovon anders als vom Stehlen, sollte der von
aller Welt gehaßte Dieb leben? Er hätte auch im
Kroll'schen Garten gern wieder gestohlen; er fürchtete
sich nur vor den zu vielen Polizeibeamten, die dort
sein möchten, und darin hatte er Recht. Indeß auf
einmal war seine Furcht verschwunden.

Er war mit Georg Liedtke aus dem tiefen Dunkel
des Thiergartens zurückgetreten. Sie standen an der
Fahrallee, die vom Brandenburger Thore zu Kroll

Der Dieb und sein Kind.   5

führt. Wagen fuhren noch immer zu dem großen
Vergnügungslocale. In dem Scheine der die Allee
beleuchtenden Laternen waren die Fahrenden zu erkennen.

Auf einmal ergriff der ältere Dieb fast krampfhaft
den Arm seines jüngeren Begleiters.

Was sehen Sie Herr Stößler?

Hast Du einmal in Deinem Leben den Menschen
da gesehen?

Welchen Menschen, Herr Stößler?

Den in dem Wagen gerade hier vor uns.

Es sitzen zwei darin. Aber ich habe keinen von
ihnen gesehen.

Ich meine den älteren.

Ich kenne auch ihn nicht.

Aber ich kenne ihn. Ich.

Und wer ist es, Herr Stößler.?

Bursch, das bleibt mein Geheimniß. Das ist mit
tausend Thalern nicht zu bezahlen.

In dem Wagen, der an den beiden Dieben vor-
beifuhr, saßen zwei Herren, beide noch jung, aber der
eine doch offenbar älter als der andere.

Dieser Jüngere war ein noch sehr junges, feines,
hübsches, außerordentlich aristokratisch aussehendes
Herrchen.

Der Aeltere war eine kräftige Gestalt, mit einem
großen Schnurrbart im Gesichte und mit militairischer
Haltung.

Er war es, den der Dieb Karl Stößler kannte.
Der Dieb konnte ihn wohl kennen, und doch kannte
er ihn wieder nicht. Er hatte ihm noch vor wenigen
Nächten gegenüber gestanden, in der Oranienburgerstraße, Stirn gegen Stirn. Er hatte mit ihm gerun-
gen. Er war ihm dann entkommen, mit Gefahr seines
Lebens. Er hatte ihn schon früher gekannt, freilich
wohl unter ganz andern Umständen und ganz anders,
als er ihn in der Oranienburgerstraße wiederfand.

Was er früher, was er damals gewesen war, das wußte er wohl, aber was er in der Oranienburgerstraße war, das war ihm ein Räthsel.

Ob ich ihm folge? fragte sich der Dieb. Ich könnte erfahren, was er ist und auch — ja, wenn ich ihm nur einmal in die Augen sehe, so weiß ich, ob er mich verrathen hat, oder nicht, und hat er es, dann ist er verloren.

Der Wagen mit den beiden Herren fuhr zu dem Kroll'schen Local. Der Dieb stand noch unschlüssig. Auf einmal hatte er einen Entschluß gefaßt.

Wieder fuhr ein Wagen vorbei, in dem sich eine, dem Diebe bekannte Person befand.

Mein Kind! Mein Kind! rief er, als er die Person erkannte.

Sein krankes Kind selbst war es nicht. Ein feiner, schmächtiger Knabe saß in dem Wagen. Neben ihm ein alter Mann. Der alte Mann sah aus wie ein Bedienter.

Der Knabe aber — Wer fünf oder sechs Abende vorher in der Mulaksgasse den jungen Menschen gesehen hätte, den der Dieb Carl Stöhler aus den Händen des langen Wilhelm und der schlanken Louise befreit und der darauf die Tochter des Diebes mit sich genommen hatte, der würde sofort den feinen, schmächtigen Knaben in dem Wagen wieder erkannt haben. Auch der Dieb erkannte ihn.

Der Wagen fuhr ebenfalls zu Kroll.

Ihnen nach, Bursch! rief Carl Stöhler seinem Begleiter zu. Jetzt müssen wir zu Kroll. Seit drei Tagen, so lange ich frei bin, suche ich mein Kind. Ich habe keinen andern Gedanken gehabt. Der Knabe da in dem Wagen hat es aus der Mulaksgasse mit sich genommen. Das haben mir die Weiber dort gesagt. Aber wohin, das weiß kein Mensch. Das arme Kind ist seitdem wie aus der Welt verschwunden. Der Bursch' muß mir mein Kind wiedergeben.

5*

Er eilte dem Wagen nach, eigentlich den beiden. Georg Liebtke konnte ihm kaum folgen.

Als sie ihre Entree-Billets gelöst hatten und in den Garten eingetreten waren, konnten sie freilich unter den vielen tausenden von Menschen lange suchen, bis sie die Verfolgten wieder fanden. Den Knaben mit dem alten Bedienten schienen sie gar nicht wiederfinden zu sollen. Auf die beiden andern Herren trafen sie.

Folgen wir ihnen, sagte Carl Stöhler. Auch der Knabe wird uns nicht entgehen. Habe nur überall Deine Augen.

Das Feuerwerk bei Kroll hatte begonnen. Die Raketen flogen und krachten; Feuerkugeln leuchteten, Räder zischten, Kunstwerke wurden erwartet. Alles schaute und erwartete.

Eine Gruppe Herren stand besonders, in der Nähe des Hauses, von der Menge zurück. Diese sahen aber angelegentlich nach etwas Anderem, als nach dem Feuerwerk.

Sie waren sämmtlich sehr wohl gekleidet, elegant sogar, oder aber mit jener Nachlässigkeit, die den richtigen Aristokraten anzeigt oder anzeigen soll. Es waren ältere Herren darunter, auch jüngere. Wie sie Alle aristokratisch aussahen, so hatten sie auch Alle ein verlebtes, und jetzt schon, am Abend übernächtiges Aussehen.

Zwei machten darin eine Ausnahme. Es waren zwei wohlgenährte, derbe, hübsche, junge Männer. Sie sahen sehr gutmüthig, etwas unerfahren aus. Sie sahen so aus.

Jene Anderen verriethen freilich, wenn sie es auch nicht wollten, besto mehr Erfahrung in manchen Dingen. Die Herren waren alle in ihrem Warten und Ausschauen ungeduldig geworden. Die Erfahrenen warfen schon besorgte Blicke auf die Unerfahrenen. Da gesellten sich zwei neue Herren zu ihnen. Die

Erfahrenen kannten sie und die Unerfahrenen warfen
neugierige Blicke auf sie, als wenn sie schon von ihnen
gehört hätten und begierig wären, sie kennen zu lernen. Von Jenen wurde der Eine vertraulich begrüßt.
Ah, endlich da, Baron Roth? Sie haben lange
auf sich warten lassen.

Der andere wurde fremder, förmlicher, beinahe
wie mit einigem Respekt empfangen.

Sehr freundlich, Herr von Eversburg, daß Sie
sich auch noch eingefunden haben.

Die beiden Angekommenen waren dieselben Herren,
denen die beiden Diebe gefolgt waren. Der Herr
von Roth war der ältere, den Carl Stöhler kannte
und doch nicht kannte. Der Herr von Eversburg
war sein jüngerer, feiner, vornehmer Begleiter.

Die beiden Diebe waren den beiden Herren auch
bis zu jener Gruppe gefolgt, unbemerkt. Sie hatten
sich hinter Bäumen gestellt, die in der Nähe standen.
Dort lauerten sie, der Eine, um zu stehlen, der Andere um seinen Mann, den er verfolgte, kennen zu
lernen.

Baron Roth heißt er also? sagte Carl Stöhler
für sich. Ein wirklicher Baron und ein —? Ja, ja,
von Adel sind sie wohl, die Herren da. Aber sie
sehen doch so sonderbar aus! Als wenn sie auch etwas vorhätten, was nicht taugt. Ich werde Dich
weiter im Auge behalten, Baron Roth, wie Du hier
heißest, und Freund Detert, wie Du Dich anderswo
nennen läſſeſt. Ich muß wissen, wie ich mit Dir
daran bin, und sollte ich bis morgen früh warten.

Der Baron Roth hatte mit einem schnellen Blick
die ganze Gesellschaft übersehen, die ihn begrüßte,
auch die beiden Herren, die begierig gewesen waren,
seine Bekanntschaft zu machen.

Als er sie sah, stutzte er plötzlich, dann sann er
einen Augenblick nach. Dann schien er einer Sache
gewiß zu sein. Er hatte einen ebenso scharfen Blick,

wie ein gutes Gedächtniß. Er verstand aber auch die Kunst, von dem, was er gesehen hatte, dem gegenüber, der es nicht wissen soll, durch seine Mienen nicht das Geringste zu verrathen.

Ich sehe ein paar fremde Herren bei Ihnen, lieber Herr von Retzlow, sagte er zu einem der älteren Herren. Darf ich bitten, mich mit ihnen bekannt zu machen?

Graf Kleist aus Pommern, Baron von der Marwitz aus Preußen, stellte der Herr von Retzlow vor.

Sehr erfreut, meine Herren, sagte der Baron Roth mit der äußersten Höflichkeit und Verbindlichkeit.

Gleich darauf aber nahm er den Arm des Herrn von Retzlow.

Ein paar Worte, lieber Retzlow. Sie wünschten gestern von mir zu wissen —

Er war schon mit ihm auf der Seite. Dort sprach er heimlich und anders.

Warum habt Ihr noch nicht angefangen?

Wir haben auf Sie mit Ihrem Herrn von Eversburg gewartet.

Aber Ihr hattet ja die Beiden da. Ihr hättet immer mit ihnen anfangen können. Kleist und Marwitz! Gute Namen! Sie werden auch reich sein.

Und formidable Gimpel, Baron.

So?

Sie sagen das so sonderbar!

Weil ich die beiden Herren kenne.

Und?

Und also weiß, daß der Eine von ihnen kein Graf Kleist und der Andere kein Herr von der Marwitz ist.

Sondern?

Sondern daß Beide ein paar Referendarien sind, die bei der Polizei arbeiten, gern Carrière machen und an Euch sich heute Abend ihre Sporen verdienen wollen. Da will Alles Carrière machen.

Zum Teufel, Roth, sind Sie Ihrer Sache gewiß?

So gewiß, als darüber, daß wir, wenn wir die Burschen nicht los werden, nächster Tage sämmtlich vor dem Criminalrichter stehen werden.

Der alte Herr von Retzlow war einen Augenblick blaß geworden. Dann aber lächelte er mit großer Genugthuung.

Ah, lieber Roth, Sie vergessen — wer wollte uns etwas anhaben? Wenn sich die beiden jungen Menschen für alle Zeit ihre Carrière ruiniren wollten, dann möchten sie uns denunciren.

Ja, lieber Retzlow, eine Carrière werden sie nicht machen, ohnehin nicht. Sie wollen eben zu klug sein. Aber was hälfe uns das?

Das sah aber Herr von Retzlow allerdings ein.

Wie werden wir sie los, Baron? Die Menschen drängten sich an uns heran, zeigten Geld, führten die vornehmen Namen, — doch, nebenbei bemerkt, lieber Baron, Sie wissen doch, einen fremden Namen zu führen, ist bei Strafe verboten, warum darf denn die Polizei bei uns ungestraft thun, was für andere ehrliche Leute ein Verbrechen ist? Gar solche hohe abliche Namen anzunehmen? Doch das bei Seite. Genug, wir verbanden uns mit den Leuten, sagten ihnen Alles offenherzig, sogar daß im gelben Cabinet schon Alles arrangirt sei, daß wir nur auf Sie warteten —

Das war nicht sehr klug von Ihnen, Retzlow. Indeß, da kommt uns ja auf einmal Hülfe.

Wo, wo?

Dort.

Der Baron Roth zeigte auf einen uniformirten Mann, der aus der zuschauenden Menge nach der Gruppe der harrenden Herren hin leise und leicht herangeschlichen kam.

Es war ein kleiner, häßlicher, katzenartig gewandter Mensch, mit Augen, die, gleichfalls katzenartig, sich unsichtbar verschleiern und grüngelb durch die Nacht

leuchten konnten. Er trug die Uniform eines Polizeibeamten.

Der alte Herr von Retzkow sah den Menschen.

Der da? fragte er verwundert.

Der da.

Aber er gehört ja zur Polizei.

Eben darum. Lassen Sie mich einen Augenblick
mit ihm allein.

Sie sind ein Teufelskerl, Roth! sagte der Herr von
Retzkow, und er ging.

Der Baron Roth ging einige Schritte dem häß-
lichen, katzenartigen Manne in der Polizei-Uniform
entgegen. Dieser sah ihn. Der Baron gab ihm einen
Wink und ging tiefer hinter die Bäume. Der Beamte
folgte ihm. Sie trafen in dem Dunkel zusammen.

Was wünschen Sie von mir, Herr Baron?

Es war etwas unterwürfig gesprochen, doch auch
etwas leicht hin. Der Baron antwortete etwas vor-
nehm, doch auch etwas vertraulich.

Sie wünschen bald Polizeirath zu werden, lieber
Assessor?

Wer will nicht gern seine Carrière machen, Herr
Baron.

Sie wissen, ich vermag etwas, lieber Mörike.

Hm, ja.

Ich könnte Ihnen wenigstens Ihre Carrière ver-
derben.

Aber warum das, Baron?

Weil ich einen kleinen Dienst von Ihnen wünsche.

Der wäre?

Wir wollen hier spielen.

Ich weiß, im gelben Cabinet.

Ah, Sie sind schon unterrichtet, wie ich sehe.

Ein guter Polizeibeamter muß Alles wissen.

Dann sind Sie es auch wohl, der uns jene beiden
Herren auf den Hals geschickt hat? Nun, dann werden Sie so wahr nicht Polizeirath, als —

Welche beiden Herren, Baron?

Jene beiden jungen Referendarien von der Polizei.

In der That, sie sind von der Polizei. Wie kommen die hierher?

Durch eine Bêtise, wie anders? Sie geben sich
für vornehme Herren von Adel aus, klappern mit Geld
in den Taschen, spielen die Gimpel, die sich mit Gewalt ihr Geld wollen abnehmen lassen und bilden sich
ein, so uns abfassen zu können.

Das ist freilich verbraucht, sagte der Assessor.

Und uns gegenüber unverschämt. Wüßte man,
daß der Polizei-Präsident darunter steckte, es könnte
ihm theuer —

Wie wird er, Baron? Ich werde Sie sogleich von
den beiden Menschen befreien.

Das war meine Bitte, auf deren Erfüllung ich
rechnete. Sie können auf mich wieder rechnen.

Die Beiden trennten sich.

Als der Assessor allein war und sich keinen Zwang
mehr aufzulegen brauchte, sagte er für sich:

Der Mensch hat Einfluß. Gott weiß, wie? Er
ist so unheimlich, wie möglich. Aber Jeder fürchtet
ihn, Jeder unterwirft sich ihm. Auch ich muß. Und
doch kann ich das dunkle Gefühl nicht los werden, daß
er eigentlich mir gehört, daß er noch einmal auf sonderbare Weise in meine Hände fallen müsse. Diesmal
hat er übrigens Recht. Die beiden dummen Referendarien sind auf dem besten Wege, der ganzen Polizei
eine verdammte Geschichte einzubrocken. Mit vornehmen
Herren ist nicht gut Kirschen essen, besonders, wenn sie
gern — spielen wollen.

Er ging unbefangen, wie ein Polizeimann, der sich
ennuyirt und zehnmal lieber im Bette, als hier noch
auf seinem beschwerlichen Posten wäre, an der Gruppe
der Herren vorbei. Zu den beiden Referendarien ließ
er einen befehlenden Wink gleiten.

Sie mußten dem Befehle folgen. Sie thaten es

gleichsam unbefangen; sie entfernten sich wie zufällig,
einer nach dem andern, in verschiedenen Richtungen.
Bei dem Assessor fanden sie sich hinter einem Gebüsch
zusammen.

Meine Herren, Sie wollen Ihre Carriére machen?

Wer will das nicht, Herr Assessor.

So gehen Sie nach Hause.

Aber, es soll hier gespielt werden, Herr Assessor!
Im gelben Cabinet, von jenen Herren.

Sie wissen —?

Ich weiß es und ich kann Ihnen noch mehr sagen.
Solche Herren darf man nicht in ihrem Spiele stören.
Gehen Sie nach Hause und legen Sie sich schlafen.
Ich erwarte es von Ihnen.

Die beiden Referendarien kehrten zu den andern
Herren nicht zurück.

Als sie nicht wiederkamen, sagte der Baron Roth:

Endlich, meine Herren! Jetzt können wir ungestört
unsere Arbeit beginnen.

Wir danken es Ihnen, lieber Roth, bemerkte der
Herr von Retzlow.

Ich begreife nur nicht, nahm der sehr junge Begleiter des Baron Roth, der Herr von Eversburg, das
Wort, ich begreife nur nicht, wie man mit solchen
Menschen so viele Umstände machen kann. Warum,
meine Herren, als Sie vom Herrn von Roth erfuhren,
wer sie seien, tractirten Sie sie nicht mit Ohrfeigen
und jagten Sie sie nicht aus Ihrer Gesellschaft
hinaus?

Aber es waren ja Polizeibeamte, Herr von Eversburg.

Eben darum, meine Herren.

Der feine, vornehme Herr von Eversburg sagte
das mit vollster Entschlossenheit.

Ein verteufelter Kerl, flüsterte einer der Herren
seinem Nachbar zu. Er wäre im Stande, seine Worte
wahr zu machen. Wer er nur eigentlich sein mag?

Ein einfacher Herr von Eversburg ist er nicht. Der Name kommt auch nicht in unserem Adel vor, und kein Mensch weiß, woher er ist.

Der Andere aber flüsterte zurück: Mag er sein, wer und woher er will, wenn wir nur sein Geld bekommen, Und Geld hat er.

Ja, ja, Geld hat er. Schade ist nur Eins. Und?

Der Roth beutet ihn zu sehr für sich aus. Warum mußte er auch gerade dem in die Hände fallen?

Der Roth hat überhaupt seit Kurzem Glück. Vor einem Jahre noch ging es ihm sehr schlecht, und ich hatte manchmal meine eigenen Gedanken darüber, wovon er leben möge. Aber sehen Sie nur da! Was hat er nur auf einmal?

Wer?

Der Roth.

Teufel, ja.

Und auf einmal auch der Eversburg! Sehen Sie dorthin, rechts.

Alle Wetter, auch der? Was mögen die denn haben?

Der Baron Roth und der Herr von Eversburg gingen der ganzen Gesellschaft voran, dem Hause zu, in dessen gelbem Cabinet das lange und ungeduldig ersehnte Spiel gemacht werden sollte.

In der Nähe des Hauses mußten sie an einigen Bäumen vorüber.

Auf einmal trat hinter einem Baume ein Mensch hervor, eine große, kräftige Figur, langsam, ruhig, sich unmittelbar vor den Baron Roth stellend.

Detert! sagte der Mensch zu dem Baron.

Nur das eine Wort sprach Carl Stöbler.

Der Baron flog unwillkürlich drei Schritte zurück. Er war leichenblaß geworden.

Der Dieb folgte ihm langsam.

Nur zwei Worte! Gehen wir auf die Seite.

Und der stolze, übermüthige, um nichts sich kümmernde Baron wollte gehorsam dem Diebe folgen.

Darüber verwunderte sich am meisten der junge Herr von Eversburg.

Zum Teufel, Baron, hauen Sie den frechen Menschen durch.

Aber kaum hatte er die Worte gesprochen, als auch er unwillkürlich zurückprallen mußte.

Von dem Hause her kam eilig ein feiner, schmächtiger Knabe herbei.

Ihm folgte ein ältlicher Mann, der wie ein Bedienter aussah.

Der Knabe hatte die Stimme des Herrn von Eversburg gehört. Er wollte auf ihn zufliegen. Der Herr von Eversburg sah ihn. Er prallte weiter zurück, als fast unmittelbar vorher sein Begleiter.

Oskar! rief der Knabe.

Die Stimme hörte der Dieb Carl Stöhler.

Der entgeht mir jetzt ohnehin nicht mehr! sagte er, und er ließ von dem Baron Roth ab.

Junger Herr, wo haben Sie mein Kind gelassen? warf er sich dem Knaben entgegen.

Zurück, Mann! rief der Knabe.

Mein Kind! Wo ist mein Kind?

Für die guten Berliner giebt es kein Vergnügen ohne Gensdarmen.

Ein riesiger Gensdarm sprang auf einmal vor.

Ah, Carl Stöhler, haben wir Dich endlich?

Er hatte sich zwar verrechnet. Der Dieb gab ihm einen Faustschlag in das Gesicht, daß er zurücktaumelte.

Aber der Dieb mußte auch von dem Knaben ablassen. Er sprang davon.

Und der Knabe fand nichts mehr zu thun, als mit dem schönen, bleichen Gesichte sich zitternd und erschöpft an den alten Bedienten zu lehnen.

Wieder vergebens! Laß uns gehen.

Die Herren waren sämmtlich schnell in dem Kroll'schen Hause verschwunden.

Wer überfiel Sie denn da, Roth? fragte der Baron Eversburg.

Ein Verwandter! sagte der Baron Roth.

Ah, so!

Und Sie, Herr von Eversburg?

Eine verkleidete, eifersüchtige Schöne.

Ah, oh!

Der Herr von Retzkow aber sagte ärgerlich:

Soviel ist gewiß, die Polizei in Berlin taugt nichts. Durch solche Menschen uns molestiren zu lassen!

Der Baron Roth indeß lachte.

Lassen Sie es gut sein, lieber Retzkow. Immer verdanken wir es. doch ihr, daß wir endlich zu unserem Spiele kommen.

Auch der Herr von Eversburg lachte.

Ein Spiel mit Hindernissen!

Sie stiegen die Treppe zu dem gelben Cabinet hinauf und spielten.

5.

Vornehme Frauen.

In einem der Paläste der Wilhelmstraße lag auf einem weichen Lehnsessel hingestreckt, ein armes, krankes Kind.

Sie lag in einem hellen Stübchen, und in dem Stübchen war Alles so behaglich und so freundlich.

Sie war doch noch so arm, Charlotte, das Kind des Diebes Carl Stöhler. Die Gesundheit konnte ihr Niemand wiedergeben. Und ihr Vater fehlte ihr immer. Konnte auch den ihr Niemand wiedergeben?

Sie lag wohl recht traurig auf dem weichen Sessel, in hübschen Kleidern, in der ganzen behaglichen Umgebung, die für sie eine so reiche war, und die selbst für Einen, der an Behaglichkeit gewöhnt war, als eine reiche hätte gelten können.

Sie weinte nicht, wie auf ihrem harten Lager in dem Dachkämmerchen der Mulalsgasse. Aber das Herz war ihr vielleicht nicht minder schwer, als damals. Sie war allein. Sie seufzte so schwer.

Ach, wenn ich doch bei meinem Vater sein könnte. Er allein liebt mich. Er allein auf der ganzen Welt! —

Das Kind hatte Alles in dem Palaste an der Wilhelmsstraße. Es hatte mehr, als seine Wünsche kannten. Seine Wünsche waren ja so geringe. Sie gingen nicht über das hinaus, was es kannte, und es hatte in seiner Armuth so wenig kennen gelernt.

Aber Eins fehlte ihm, in all dem Ueberflusse. Die Liebe.

Sie waren Alle in dem großen Hause freundlich, milde, sorgsam für sie. Aber sie waren ihr Alle fremd.

Und Liebe mußte das Kind haben. Sie war so sehr elend gewesen. Um so mehr hatte sie der Liebe bedurft.

Und ihren Vater liebte sie so sehr. Ihn allein. Ihn über Alles.

Und er liebte sie so herzlich. Nur sie und Stehlen waren seine Gedanken.

Ach, wäre ich doch bei meinem Vater! Wäre er doch bei mir!

Sie war noch immer ein so armes Kind. Sie war ärmer als vorher, selbst ärmer, als in den Zeiten, wenn Alles ihr gefehlt hatte. Entbehrung und Elend hatten dann ihre Gedanken so vielfach von dem Vater abgelenkt. In dem Ueberflusse, der sie jetzt umgab, hatte sie nur Gedanken an ihn, nur die Sehnsucht nach ihm.

Und eine so bittere Sehnsucht.

Ich habe hier Alles. Ich brauche mich nur nach
Etwas umzusehen, und sie bringen mir es schon. Und
mein armer Vater, liegt unterdeß in der finstern Stadtvoigtei, auf der harten Pritsche, bei der schlechten Kost;
ach, gar in Ketten!

Sie war seit vier Tagen in dem vornehmen Palaste, und ihre Sehnsucht nach dem Vater war mit
jedem Tage eine schmerzlichere geworden.

Sie wurde so freundlich von ihrer Umgebung be-
handelt, man war so sorgsam für sie. Das gute Kind
sah es für Undank an, Trauer, Schmerz zu zeigen.
Sie war freundlich, wenn Jemand bei ihr war. Sie
weinte nicht einmal, sie wehrte die Thränen ab, wenn
sie allein war, damit man nachher die verweinten
Augen nicht sehen solle.

So war ihr Schmerz ein stiller geworden, auch
wenn sie allein war. Sie seufzte nur; sie sah nur
traurig die stummen Wände des hellen Stübchens an, sie
klagte ihnen nur leise die Sehnsucht nach dem entfernten Vater.

Aber um so schmerzlicher war diese Sehnsucht, und
der Schmerz saß ihr um so tiefer im Herzen.

Ich kann ja nicht zu ihm. Er kann nie wieder zu
mir kommen. Ach, es mußte ein großer Diebstahl
sein, den er begangen hatte. Er hatte so viel Gold.
Für sein ganzes Leben werden sie ihn einsperren. Er
sagte es selbst. In meinem ganzen Leben soll ich ihn
nicht wiedersehen! In meinem ganzen Leben nicht!
Ich bin noch so jung! O mein Gott, wie werde ich
das aushalten!

Sie wollte doch weinen.

Da kommt Jemand!

Sie drängte schnell die Thränen zurück.

Sie hatte recht gehört.

Eine junge Dame trat zu ihr in das Stübchen.
Eine feine, zarte Gestalt, ein schön und aristokratisch

— 80 —

geschnittenes, blasses Gesicht, dem ebenfalls Schmerz
und Kummer nicht fehlten.

Sie gehörte der vornehmeren, der vornehmsten
Welt an. Sie trat mit Befangenheit zu dem Kinde.

Du siehst wieder so sehr bleich aus, meine arme
Charlotte. Hast Du eine schlechte Nacht gehabt?

Nein, nein, meine liebe, gnädige Comtesse. Aber
Sie sehen so blaß und traurig aus. Sie haben
schlechte Nachrichten? Oder noch immer gar keine?

Ich habe eine Nachricht für Dich, mein Kind.

Das Kind erbebte. In das weiße Gesicht flog
nun helle Röthe. Sie konnte nur rasch vorüberflie-
gen. Das Herz des armen kranken Kindes war ja
auch so arm an Blut!

Von meinem Vater! rief sie.

Ja, von Deinem Vater. Aber rege Dich nicht zu
sehr auf. Es schadet Dir, sagt der Arzt.

Was ist es mit ihm? Sprechen Sie.

Ich habe ihn gesehen.

Sie? Sie?

Er hat aus seiner Haft zu entkommen gewußt.

Er ist frei? und ich bin nicht bei ihm!

Sie flog in die Höhe auf ihrem Sessel. Sie griff
nach der Krücke, die neben ihr stand.

Still, still, mein Kind!

Wo sahen Sie ihn? Wo sahen Sie meinen Vater?

Ich suchte — Du weißt ja. Da traf ich auf ihn.
Er sucht Dich. Er erkannte mich. Seine erste Frage
warst Du. Ich konnte ihm nicht antworten. In demselben Augenblicke hatte ich ihn gesehen, den ich suchte.
Wir wurden getrennt.

Das Kind hatte sich von seinem Lager erhoben, mit
Hülfe der Krücke.

Ich muß zu meinem Vater. Lassen Sie mich zu
Hause.

Ich hatte diese Heftigkeit gefürchtet, sagte die junge

Dame. Aber, mein Kind, fasse Dich. Bleibe ruhig. Wo wolltest Du Deinen Vater finden?

Zu Hause, bei der alten Gronen.

Dorthin kann er sich am wenigsten wagen. Es ist kein Polizeibeamter in Berlin, der ihn nicht sucht.

Für mich wagt er Alles. Er liebt mich ja über Alles. Ich muß hin. Er wird hören, daß ich da bin. Er wird kommen.

Um desto sicherer wieder eingefangen zu werden? Durch sein eigenes Kind?

Die Kranke sank zusammen.

O mein Gott, warum muß ich so unglücklich sein?

Die hellen Thränen stürzten ihr doch aus den Augen. Sie konnte sich keine Gewalt mehr anthun.

Der jungen Dame schnitt es durch das Herz. Sie sann einen Augenblick nach.

Beruhige Dich, mein Kind, sagte sie dann. Ich werde sehen, was sich thun läßt.

Ich soll meinen Vater sehen?

Versprechen kann ich Dir nichts. Aber ich will versuchen, was in meinen Kräften steht.

Sie verließ das Stübchen. In ihren schönen Augen leuchtete ein Entschluß, der ihres edlen und zugleich entschiedenen Charakters würdig war.

Die Kranke konnte sich dennoch nicht beruhigen.

Ich werde ihn nicht wiedersehen. Die Polizei wird ihn wieder ergreifen, ihn wieder einsperren. Er ist ja nun einmal ein Dieb, der kein freies Leben mehr auf der Welt hat. Ich muß allein sein, immer mein ganzes Leben lang. Ach, ich möchte sterben, wenn ich nicht da hinten auf dem Kirchhofe allein liegen müßte. Er könnte ja nicht einmal an mein Grab kommen! Wie bitter ist doch das Leben eines Diebes! Und seines armen Kindes! —

Die schöne junge Dame — Comtesse war sie von der Kranken genannt — begab sich in ein elegantes Boudoir, das im ersten Stocke des Palastes lag.

Sie zog an einer Klingelschnur. Augenblicklich erschien ein Diener. Es war ein alter Mann.

Wer in der Nacht vorher im Kroll'schen Garten den Knaben und den alten Diener gesehen hätte, die den Baron Roth und dessen Begleiter den Herrn von Eversburg verfolgten, würde den alten Diener leicht wieder erkannt haben.

Freilich, dann neben ihm auch in der schönen jungen Dame den Knaben.

Der Diener erwartete schweigend die Befehle der Dame.

Bitten Sie Madame, ob ich Sie sprechen könne, bat ihn die junge Dame mehr, als sie ihm befahl.

Sie redete in französischer Sprache. Der Diener entfernte sich. Die Dame ging sinnend in dem Gemache auf und ab. Sie seufzte manchmal schwer auf. Ihre Augen senkten sich traurig zu dem Fußboden nieder. Auch sie war nicht glücklich.

Der Diener kehrte zurück. Madame erwartet Mademoiselle. Er sprach ebenfalls Französisch. Die junge Dame ging. Der Diener öffnete ihr ehrerbietig die Thür, und schritt ihr dann vor. Sie folgte ihm in einen anderen Gang derselben Etage.

Ueberall herrschte der solide Luxus, überall das ehrfurchtsvolle Schweigen des vornehmen Palastes.

Der Diener öffnete eine hohe Flügelthür, leise, kaum hörbar. Die junge Dame schritt durch die Thür. Er verschloß sie hinter ihr. Er folgte ihr nicht.

Die junge Dame war in ein hohes Zimmer eingetreten, in dem, trotz des hellen Sommermorgens, fast nur ein Halbdunkel herrschte. Schwere seidene Vorhänge bedeckten die Fenster. Man sah dennoch auch hier nur den Reichthum und die Vornehmheit.

In einem Fauteuil lag eine ältere Dame. Sie schien leidend, kränklich zu sein. Sie war in dem weichen Lehnsessel in Kissen gebettet. Sie lag matt da, ihre blassen Gesichtszüge waren erschlafft. Ueber ihr ganzes Wesen war eine eigenthümlich stolze und doch milde Hoheit ausgegossen.

Die junge Dame nahte sich ihr mit leisen Schritten, die kaum den Boden zu berühren wagten. Sie schien jene ehrfurchtsvolle Stille nicht stören zu wollen, die auch in diesem vornehmen Gemache herrschte. Als sie bei der Dame angelangt war, verneigte sie sich tief vor ihr; dann nahm sie deren rechte Hand und führte sie an ihre Lippen.

Du hast wohl geruht, gnädigste Tante?

Nicht ganz; doch besser, als die vorigen Nächte.

Beide sprachen Deutsch. Die kranke Dame — die Tante — hatte schnell einen forschenden Blick auf die jüngere, — die Nichte geworfen.

Du bringst keine gute Nachrichten, Antonie!

Nein, gnädigste Tante.

Du hast ihn wieder nicht gefunden?

Diesmal doch.

Das Gesicht der alten Dame röthete sich. Aber schnell wurde es wieder bleich.

Die junge Dame hatte die zwei Worte in einem so traurigen Tone gesprochen.

Ach, Du hättest gewünscht, ihn nicht zu finden, mein Kind?

Er war in der Gesellschaft des Barons Roth.

Das berüchtigten Spielers?

Ich fürchte, er ist noch mehr, Tante. Ich habe diesen Menschen betrachtet, weil ich erfuhr, daß Oskar mit ihm verkehrt. Mir ist selten ein unheimlicheres Gesicht begegnet. So verstockt so — ich habe kein Wort dafür, Tante, aber so kann nur der Blick eines Verbrechers sein. Und mit ihm kann der Adel dieser Residenz verkehren! Mit ihm verkehrt gar Oskar!

Der jungen Dame standen die Thränen nahe, Thränen jedenfalls eines edlen Zornes, vielleicht auch einer andern Regung ihres Herzens. Die ältere Dame seufzte.

6*

Es ist das größte Unglück der Höheren, daß so
gern die Gemeinheit sich an sie hängt, und daß sie so
gern von der Gemeinheit sich herunter ziehen lassen.
Aber erzähle.

Ich fand ihn. In demselben Augenblicke war er
mir wieder entschwunden. Es war in dem Gewühle,
das dem Feuerwerke im Krollschen Garten zuschaute.
Ich sah ihn nicht wieder.

So haben wir ihn noch immer nicht gefunden. Es
ist schmerzlich, doppelt schmerzlich bei seiner hohen Ge-
burt, bei seiner erhabenen Bestimmung. Und wir können ihn aus diesem niedrigen Leben nicht herausreißen.
Wir müssen den Eclat vermeiden. Wie schwer hat ein
Mutterherz zu tragen!

Die Nichte seufzte doch noch schwerer, als die Tante.
Hatte ihr Herz schwerer zu tragen?

Aber Eine Bitte jetzt, meine gute Antonie, fuhr die
Tante fort. Du hast sie mir bisher nicht erfüllen
wollen. Jetzt mußt Du. Er ist Deiner Mühe um ihn,
der Gefahren, denen Du Dich aussetzest, nicht ferner
werth. Du wirst die Nachforschungen nach ihm ein-
stellen. Mag der alte Frank ihn suchen, aber fortan
ohne Dich.

Die junge Dame war blasser geworden.
Du wolltest ihn aufgeben, theure Tante?
Bis er von selbst zurückkehrt.
Aber ich kann es nicht. Ich nicht!

Sie mußte laut aufschreien, die schöne, blasse, junge
Dame. Ihr Herz hatte doch wohl schwerer zu tragen, als das der Tante, der Mutter.

Die ältere Dame nahm so oft ihre Hand. Er
wird zurückkehren, mein Kind. Zu mir, zu Dir. Er
ist ja nicht schlecht. Er ist nur jung, unerfahren, leicht-
sinnig.

Sie konnte dennoch das liebende Herz nicht trösten.
Doch sie hatte ein braves Herz und einen feinen
Sinn.

Du hatteſt mir noch etwas zu ſagen, Antonie, ich
ſehe es.

Die junge Dame war nicht minder brav. Sie ver=
drängte den eigenen Schmerz, um Fremden zu helfen.
Ich habe noch eine Bitte an Dich, gnädigſte Tante.
Vertraue ſie mir.

Unſer kranker Schützling iſt noch immer ſo unglück=
lich. Ich fürchte, die Sehnſucht nach ihrem Vater
tödtet ſie.

Das arme Kind!

Könnten wir ihr nicht helfen, Tante?

Wir?

Du, gnädigſte Tante. Es wird Dir nur Eine
Zeile, nur ein Wort koſten. Erwirke ihm Begnadigung.

Welcher Gedanke mein Kind? rief die ältere Dame.
Es iſt ein ſo ſchöner, ein ſo erhabener Vorzug
Deiner Stellung.

Um ſo ſeltener muß man Anwendung davon machen.

O, theure Tante, er hat mir das Leben gerettet,
und wir haben nichts für ihn gethan. Das Kind —
wir hätten uns eines jeden unglücklichen Kindes in
ähnlicher Lage angenommen. Verſchaffe ihm die Gnade,
theure Tante. Wir geben ihm Geld, wir laſſen ihn
in einen anderen Welttheil geben, mit dem Kinde.
Sie hat ihren Vater wieder. Sie wird ſein Schutz=
geiſt ſein; er wird ein beſſerer Menſch werden!

Es ſei, ſagte die ältere Dame.

Gott ſegne Dich, meine edle Tante. — Wie glück=
lich wird das arme Kind werden!

6.

Ein vornehmer Herr in der Mulacksgasse.

Es war drei Uhr Morgens. Die ersten Streifen des Morgenroths verkündeten den anbrechenden Tag. In dem Krollschen Local wurde leise und behutsam ein Fenster des ersten Stockes geöffnet. Ein Gesicht kam kaum halb zum Vorschein und sah sich draußen rasch und scharf um. Das Fenster wurde wieder verschlossen.

Das Gesicht eines jungen Mannes hatte so sorgfältig umhergeblickt. Ein großer Schnurrbart zierte es; es hatte auch einen kräftigen militairischen Ausdruck; die Züge waren aber erschlafft.

Freilich, der Baron Roth hatte die ganze Nacht in dem Krollschen Locale gespielt.

Warum er so scharf, so behutsam in die Morgendämmerung hinausgeblickt hatte? Nach den brandigen und verbrannten Spuren des Feuerwerks vom gestrigen Abende? Etwas Anderes war in dem Zwielichte unter den Bäumen nicht zu sehen.

Doch, ganz hinten lehnte an einem Kastanienbaum unbeweglich, aber mit lauernden Augen eine derbe, kräftige Mannesgestalt, ebenfalls nächtig angegriffen.

Hatte Karl Stöhler die ganze Nacht dort gelauert?

Der Baron hatte den Dieb nicht gesehen. Der Dieb hatte aber den Baron gesehen.

Ich muß es in seinem Gesichte lesen, sagte der Dieb wieder für sich, ob er mich angegeben, verrathen hat, oder nicht. Hat er es, so ist er verloren.

Er schlich an dem Hause entlang nach der Thür hin, durch die der Baron das Local verlassen mußte. Hinter der Thür stellte er sich wieder lauernd auf.

Eine Gesellschaft von Herren kam aus dem Kroll-

ſchen Local. Sie waren die letzten der Nachtgäſte.
Sie ſahen danach aus. Die gelben fahlen Geſichter
aufgedunſen, die Augen hohl, mit rothen Rändern; die
Geſtalten in einander hängend und ſchwankend.
Der Herr von Eversburg war am meiſten ange=
griffen. Der feine, ſchmächtige, vornehme, junge Herr
war des Schwärmens wohl am wenigſten gewohnt
und hatte am wenigſten Kräfte dazu mitzubringen.
Der Herr von Roth führte ihn am Arme. Er war
der Stärkſte in der Geſellſchaft. Die Beiden kamen
zuletzt aus dem Hauſe.

In dem Momente, als der Baron Roth die
Schwelle überſchritt, ſtand plötzlich die derbe Geſtalt
des Diebes Karl Stöbler an ſeiner Seite.

Der Baron verfärbte ſich. Er wäre beinahe zu=
rückgeflogen. Der Dieb ſah ihm mit einem durchboh=
renden Blick in die Augen. Der Baron mußte die
Augen niederſchlagen.

Ich habe genug, ſagte der Blick des Diebes. Du
haſt mich verrathen. Du biſt verloren.

Er trat zurück, ohne ein Wort zu ſprechen, ohne
ſich nur weiter umzublicken.

Er hatte Unrecht. Er war nicht verrathen. Aber
der Baron gehörte zu jenen Menſchen, die immer ein
böſes Gewiſſen haben, und daher immer ſich ſelbſt,
eine eigene Schuld verrathen, auch wenn ſie in dem
Momente unſchuldig ſind. Das böſe Gewiſſen ſieht
übrigens auch ſcharf, und dem Baron war der Blick
des Diebes nicht entgangen.

Ich bin verloren, ſagte er ſich, wenn ich nicht zu=
vorkomme.

Der Herr von Eversburg hatte nichts geſehen.
Der junge, vornehme Herr war zu abattu.

Am Brandenburger Thore trennten ſich die Herren.
Auch die Herren von Roth und von Eversburg.

Sehen wir uns heute Abend wieder, lieber Roth?

Ich weiß es in der That nicht, lieber Eversburg. Es ist möglich, daß ich verhindert wäre.

Die meisten Herren gingen die Linden hinauf; Andere dem Potsdamer Thore zu.

Der Baron Roth blieb stehen. Er sah sich um. Niemand war hinter ihm.

Er verfolgt mich nicht. Ich bin dennoch nicht sicher. Was nun zuerst?

Er sann nach..

Er muß fort. Er muß unschädlich gemacht werden. Völlig. Zuerst muß ich wissen, wo er sich aufhält. In der Mulacksgasse wissen sie es. Ob ich gleich hingehe? Es wäre gefährlich. Es ist noch halbe Nacht und er könnte schon vor mir da sein. In die Mulacksgasse kann man nur bei Tage gehen, wenn die Polizei da ist und die Andern nicht da sind. — Zu meinem Quartiere darf ich auch nicht. Er kennt es. Ich könnte im besten Schlafe überfallen werden. Also in ein anderes Quartier! In einem Gasthofe sucht man mich am wenigsten.

Er hatte schon einige Schritte nach links vom Thore, an der Kommunicationsmauer entlang gemacht. Er kehrte zurück. Er ging ebenfalls durch das Brandenburger Thor, aber langsam, ohne seinen früheren Begleitern zu folgen.

Als er am Ende der Linden bei dem Hôtel de Rome anlangte, fuhr gerade ein früher Reisewagen aus dem geöffneten Thorweg.

Er sah sich noch einmal schnell um, ob er verfolgt sei. Er gewahrte Niemanden. Er schlüpfte durch den Thorweg.

Ein Kellner hatte die Reisenden zu dem Wagen begleitet. Er wandte sich an ihn.

Weisen Sie mir ein Zimmer mit einem Bette an.

Der Kellner warf einen etwas mißtrauischen Blick auf ihn.

Der Baron nahm seine vornehme Haltung und
Sprache an.

Wird's bald? Hier meine Karte. Ich habe mich
verspätet.

Ein vornehmer Titel und eine vornehme Miene
vermögen viel in der Welt.

Ah, verzeihen der Herr Baron.

Der Baron erhielt ein elegantes Zimmer mit Bett.
Er legte sich in das Bett. Aber schlafen konnte er
nicht. Er war zu voll Unruhe, gar zu voll Angst,
vielleicht auch zu voll von einem Plane, den er mehr
und mehr verarbeitete, den auszuführen es ihn mehr
drängte.

Um sechs Uhr erhob er sich.

Der duftende Moccakaffee und die blauen Wölk-
chen seiner Cigarre gaben ihm Ruhe und Muth zurück. Aristokratische Genüsse wollen und bringen be-
hagliche Ruhe.

Um acht Uhr verließ er das Hôtel.

Jetzt wird ja die Berliner Polizei wohl wieder auf
den Beinen sein.

Wenigstens einige Gensdarmen waren schon da.
Er ging in sein Quartier in der Oranienburgerstraße.
Er kleidete sich um und zählte sein Geld, den Gewinn
der Nacht. Er wurde vergnügt. Er vergaß für den
Augenblick Gefahr, Plan, Unruhe.

Beinahe fünfhundert Friedrichsd'or! Hundert ist
er mir schuldig geblieben. Ein charmanter junger Mann,
dieser kleine Herr v. Eversburg, oder wie er sonst heißen
und was er sonst sein mag. Etwas mehr ist er jedenfalls. Aber was eigentlich? Der Bursch weiß,
bei allem seinem Leichtsinn, sich verteufelt fest in ein
Geheimniß zu hüllen. Aber was geht mich das Andere an, wenn nur sein Geld mein wird.

Er verließ seine Wohnung. Die Gensd'armen
und Polizeibeamten waren schon zahlreicher in den
Straßen. Er ging in die Mulacksgasse.

Er schien dort schon gut Bescheid zu wissen, obwohl er Manches mit einer sonderbaren Neugierbe ansah, als wenn es ihm bekannt und doch fremd sei. War er vielleicht bisher nur bei Nacht dagewesen? Er ging gerades Weges in das dritte Haus vom Schmortopf.

Es war das alte bewußte Haus, in dem die Frau Gronen wohnte, in dem der Dieb Carl Stöhler mit seiner Tochter, ferner die dicke Mamsell Louise und die klapperdürre Caroline Dachkammern bewohnt hatten, vielleicht, zum Theil wenigstens, noch bewohnten. Er wußte auch in dem Hause Bescheid. Er mußte sogar die Bewohner des Hauses genau kennen. Freilich für Jemanden, der in oder mit der Mulacks-gasse verkehrte, waren sie sehr bekannte Persönlichkeiten. An der Wohnung der alten Frau Gronen, im ersten Stock, ging er vorüber.

Sie fürchtet den Dieb und seine Kameraden, und sie ist zähe. Jedenfalls verkauft sie zu theuer, und was man billig haben kann, muß man nicht theuer bezahlen.

Er stieg die alte Treppe des Hauses bis in die Mansarden hinauf. Er besah sich die einzelnen Thüren, die an einem winkligen Gange lagen.

Dort wohnt die schlanke Karoline. Sie ist zu gerieben. Hier wohnte der Dieb mit seinem lahmen Kinde. Wo sie jetzt beide nur sein mögen? Da ist das Kämmerchen der dicken Louise. Sie soll gutmüthig sein und nicht lange wiederstehen können. Versuche ich mein Glück bei ihr.

Er schritt näher zu der dicken Louise, der „Mantsell Louise", wie das kranke Kind des Diebes sie genannt hatte. Er öffnete die Thür, die nicht verschlossen war, ohne anzuklopfen. Er trat in die Kammer.

Wer ist da? Was wollen Sie hier? Wer sind Sie? Wie kommen Sie hierher? Ueberfällt man so die Leute?

Mamsell Louise lag noch im Bette, und empfing ihn so, zuerst in laut schimpfenden, dann, nachdem sie den Eingedrungenen sich näher angesehen und einen sehr wohl aussehenden, jungen Herrn in ihm entdeckt hatte, in immer weniger lauten und immer weniger schimpfenden, zuletzt nur noch in einem wie verschämt sträubenden Tone.

Der junge Herr ließ sich durch das eine nicht zurückschrecken und durch das andere nicht anlocken:

Er verschloß ruhig die Thür hinter sich. Dann sah er in der Kammer umher, wahrscheinlich um sich zu überzeugen, ob kein Dritter da sei, denn an Möbeln und andern Gegenständen war sie so leer, daß er nichts darin suchen konnte. Es war aber auch kein Dritter da.

Dann setzte er sich auf den Rand des Bettes, in dem die Mamsell Louise war, und begann mit dieser folgendes Gespräch:

Vor allen Dingen, mein schönes Kind, mache keinen unnöthigen Lärm und bleibe ruhig liegen. Ich bin nur gekommen, um ein paar Fragen an Dich zu richten.

Das war ein sonderbarer, für die Dirne der Mulacksgasse wenigstens völlig neuer Eingang. Sie wurde fast verwirrt, ängstlich Sie dachte an Polizei und dergleichen.

Aber was wollen Sie?

Zunächst Dir diesen Friedrichsd'or schenken, dann, wie gesagt, von Dir einige Antworten.

Sie nahm den Friedrichsd'or. Sie besah ihn, er war echt. Sie wurde beruhigt. Die Polizei in Berlin verschenkt keine Friedrichsd'ore. Sie blieb dennoch auf ihrer Hut. Auch solches Schenken war ihr zu neu.

Fragen Sie.

Wie lange wohnst Du hier im Hause?

Etwas über ein Jahr.

Wie heißt Du?

Ich nenne mich Louise.

Wohnst Du allein hier oben auf dem Boden?

Nein.

Wer wohnt noch hier?

Die klapperdürre Caroline.

Wer sonst noch?

Kein Mensch.

Ich sah die Thür zu einer dritten Kammer.

Sie ist unbewohnt.

Seit wann?

Seit einigen Tagen.

Wer wohnte darin?

Das Mädchen stutzte. Sollte doch die Berliner Polizei echte Friedrichsd'ore verschenken? Sie antwortete, wie sie einem Polizeibeamten geantwortet haben würde.

Das weiß ich nicht.

Er benahm sich wie ein Polizeibeamter.

Das soll ich Dir glauben?

Sie mögen es halten wie sie wollen. Aber ich weiß es wahrhaftig nicht.

So kann ich es Dir sagen.

Sie machen mich neugierig.

Ein Mann mit Namen Carl Stöhler wohnte da.

Das Mädchen mußte die Augen niederschlagen.

Die Welt kehrt sich um, rief es in ihrem Innern. Die Polizei in Berlin wirft in der Mulacksgasse mit Gold um sich. Was er nur will?

Sie ist verlegen, sagte sich der Baron. Jetzt geradezu auf das Ziel los und ich habe gewonnen Spiel.

Carl Stöhler, fuhr er laut fort, wurde vor fünf oder sechs Tagen verhaftet. Er kam in die Stadtvoigtei. Er war seitdem wieder hier. Nun?

Er hatte sich doch geirrt.

Ich weiß von dem Allem nichts, sagte kalt und

ruhig das Mädchen, die sich wieder vollständig ge=
faßt hatte.

Wie ein Polizeibeamter durfte er sich nicht wieder
benehmen.

Höre, Mädchen, sagte er, ich will offen gegen
Dich sein. Es ist mir daran gelegen, zu wissen, wo
Carl Stöhler zu finden ist. Ich habe ihm eine Mit=
theilung zu machen. Keine zu seinem Schaden.
Du kennst seinen Aufenthalt. Nennst Du ihn mir,
so erhälst Du von mir noch zehn Friedrichsd'or, fünf
gleich, fünf, wenn ich ihn gefunden habe.

Zehn Friedrichsd'or für ein armes Mädchen der
Mulackgasse! Es war viel. Sie hatte vielleicht noch
niemals so viel stehlen können. Er war dennoch an
die Unrechte gekommen.

Keine zu seinem Schaden? sagte sie für sich. Da=
nach sehen Deine so lauernden Augen nicht aus. Ich
sollte für Geld verrathen? Gar das arme Kind, die
Charlotte?

Hören Sie, mein Herr, sagte die Dirne der Mu=
lackgasse zu dem Herrn Baron von Roth, wenn Sie
sich nicht auf der Stelle davon machen, so springe ich
aus dem Bette und rufe das ganze Haus zusammen.
Und hier haben Sie auch Ihren Friedrichsd'or —

Doch darüber besann sie sich.

Nein, den behalte ich, für den Ueberfall, für Ihre
Unverschämtheit. Sie haben ihn mir rechtmäßig ge=
schenkt. Und nun machen Sie, daß Sie weg kommen.

Satan, ich werde es Dir gedenken, murmelte der
Baron zwischen den Zähnen.

Aber er ging.

Die klapperdürre Caroline? fragte er sich draußen.
Nein!

Er stieg hinunter bis in den zweiten Stock, in dem
die dicke Wirthin des Hauses wohnte.

Bei ihr mußte er anders auftreten. Er schien die
alten Berliner Diebesherbergerinnen zu kennen.

Er klopfte an die Thür der Frau.

Herein!

Er trat in die Stube.

Es war nicht leer darin, aber desto unordentlicher und schmutziger.

Sie sind die Frau Gronen?

Madame, nennt man mir, mußte die echte Berlinerin bemerken.

Madame, bei Ihnen hat ein Carl Stöhler gewohnt.

In ehrlicher Miethe, mein Herr — sind Sie ein Herr Criminal-Commissarius?

Er ist vor drei Tagen aus der Stadtvoigtei entsprungen.

Ich habe nichts davon gewußt, daß er ein Dieb sei, Herr Commissarius. Sonst würde ich ja einen solchen Menschen nicht in mein ehrliches Haus genommen haben.

Darum handelt es sich jetzt nicht, Madame. Ich möchte nur wissen, wo Carl Stöhler gegenwärtig ist.

Herr Commissarius, das weiß ich selber nicht.

Madame, hier sind zehn Stück Friedrichsd'or. Sie gehören Ihnen, wenn Sie es mir sagen.

Er zählte das Gold auf einen Tisch.

Sollte er sich hier nicht verrechnet haben?

Das Weib sah lüstern auf das Gold; dann mißtrauisch auf den Baron.

Sind Sie allein? fragte sie.

Ganz allein.

Sie haben keinen Menschen bei sich.

Keinen Menschen.

Sie mußte sich selbst überzeugen. Sie ging aus der Stube, sah sich auf Flur und Treppen um und kehrte beruhigt zurück.

Legen Sie noch drei Friedrichsd'or zu.

Hier sind sie. Aber wenn Sie mich betrügen, Madame, sind Sie zum Zuchthause reif.

Er legte noch drei Goldstücke zu den übrigen.

Das Weib stellte sich zwischen ihn und das Gold. Dann sagte sie:

Heute bei Tage finden Sie ihn in der Schäfergasse Nummer funfzehn, oben auf dem Boden rechts, hinter einem Verschlage. Heute Abend um zehn ist er hier bei mir.

Dem schlechten Weibe war es nur um die Sicherung des Blutgeldes zu thun gewesen.

Der Baron ging zufrieden.

Jetzt ist er mein!

———

7.

Gewissensscrupel.

Um ein Uhr Mittags ist auf dem Molkenmarkt zu Berlin ein reges Leben. Es war wenigstens zur Zeit dieser Geschichte so.

Die sämmtlichen Revier- und Criminal-Polizei-Commissarien der großen Stadt sind dann im Locale des Polizei-Präsidiums, Molkenmarkt Nummer zwei, zu einer Conferenz versammelt gewesen, um Alles, was seit dem gestrigen Mittage Polizeiliches in der Residenz sich zugetragen hat, einander mitzutheilen und hierbei, sowie über Anderes Befehle und Anweisungen entgegen zu nehmen. Von zwölf bis eins dauern diese Conferenzen.

Als sie an jenem Tage, an welchem der Baron Roth in der Mulackgasse gewesen war, beendigt waren, verließ Einer der vielen Beamten das Gebäude des Polizeipräsidiums allein und ziemlich mißmüthig.

So ging er links, auf den Mühlenbamm, dann auf die Fischerbrücke.

Er war ein kleiner, häßlicher, katzenartig gewandter Mensch. Seine grünen Augen leuchteten aber jetzt nicht katzenartig. Sie blickten verdrießlich vor sich hin.

Ich habe Unglück. Ich ermittele nichts, und habe ich einmal etwas, so kommt ein anderer mir zuvor, oder ich darf es nicht einmal anzeigen. So kein Ver- dienst, kein Avancement für mich. Soll ich immer Assessor auf Diäten bleiben? Heirathen möchte ich auch gern. —

Er war vor der Inselbrücke angelangt. Auf der Brücke stand ein einzelner Mensch, an das Geländer der Brücke gelehnt und sah in das Wasser hinunter, als wenn es für ihn in der Welt keine angelegentli- chere Beschäftigung gebe. Er mußte dennoch auch Anderes sehen. Er hatte den herbeikommenden Poli- zeibeamten bemerkt. Er warf ihm einen fragenden Blick zu.

Er war ein kleiner, untersetzter Mensch von einigen dreißig Jahren, mit einem Gesichte, das so dumm aus- sehen konnte, und doch so listig war wie möglich, Alles, wie er es eben zeigen oder verbergen wollte.

Der Polizeibeamte erwiderte seinen fragenden Blick mit einem Ja antwortenden. Dann sahen sie sich Beide nicht mehr an. Der kleine, untersetzte Mensch ging zur Friedrichsgracht.

Der Polizeibeamte setzte seinen Weg weiter fort, über die Inselbrücke, in die Wallstraße, in die Splitt- gerbergasse. Bei dem Logenhause zu den drei Welt- kugeln blieb er an einer ziemlich verborgenen Stelle wartend stehen.

Nach einigen Augenblicken kam der Mensch von der Inselbrücke bei ihm an.

Du hast nichts! sagte der Beamte zu ihm, mürrisch genug.

Wie Sie sehen, Herr Affessor.

Der Mensch war gegen den Affessor eben so halb unterwürfig und halb unverschämt, wie der Affessor am Abende vorher bei Kroll gegen den Baron Roth gewesen war.

Aber ich denke, Sie bringen mir etwas, fuhr er fort. Der Affessor wurde fast zornig.

Ich? Ich? Wofür bezahle ich Dich denn als meinen Vigilanten?

Der Vigilant des Polizeiaffessors zuckte die Achseln. Aus den Aermeln kann man nichts schütteln, Herr Affessor. Aber Sie kommen aus der Conferenz. Gab es da denn gar nichts?

Nein.

Das ist schlimm. Sollte wirklich die Frömmigkeit in Berlin wirken? Aber da fällt mir ein, Sie waren ja gestern bei Kroll.

Hätte es da vielleicht etwas gegeben? Ich denke. Es ist hoch gespielt.

Bah, von wem?

Es waren freilich keine Schauspieler und Bäckergesellen.

Also!

Aber warum fahren Sie nicht auch einmal unter die vornehmen adlichen Herren?

Dummkopf, um mir die wenige Hoffnung auf Avancement völlig zu nehmen?

Ja, Herr Affessor, wenn die Polizei keine Courage mehr hat, dann muß der Staat bald zu Grunde gehen. Es steht ohnehin schon schlecht genug mit ihr aus, nämlich mit der Polizei. Verbrechen in Unzahl, Taschendiebstähle, wo auf der Straße sich eine Tasche sehen läßt, Einbrüche, Raubanfälle bei hellem Tage, selbst Raubmorde in den lebhaftesten Straßen der Stadt. Und was kommt zur Anzeige und zur Bestrafung? Ein Ladendiener oder ein Student, der auf der Straße oder im Thiergarten eine Cigarre geraucht

hat und zwei Thaler bezahlen muß, mit dem Denun-
zantenantheile.   Ich weiß nur Eins, was helfen
könnte, Herr Assessor.

Der Assessor hörte nicht. Er war mit seinen Gedanken beschäftigt.

Nur Eins, Herr Assessor, wiederholte der Vigilant.
Das könnte Avancement bringen, Gehaltszulagen, selbst
Orden.

Da war der Assessor aufmerksam geworden.

Und das wäre?

Die demagogischen Umtriebe müssen wieder kommen, Herr Assessor, oder etwas Aehnliches.

Der Assessor seufzte.

Ja, ja, Lude Blecher, das war eine schöne Zeit.
Wer da schon Beamter gewesen wäre! Nicht bloß
Polizeibeamter. Da hat Jeder, der nur wollte, sein
Glück gemacht. Und was für Carrieren gab es. Trotz-
dem, daß so Viele danach liefen. Ja, Lude, wenn
solche Zeiten wiederkehrten!

Sie werden schon kommen, Herr Assessor.

Aber man kann alt darüber werden, Freund. Und
was bis dahin?

Ich wüßte wohl etwas, Herr Assessor.

Laß hören.

Es gehört nur etwas Muth dazu.

Sprich es aus.

Machen wir etwas.

Machen?

Zum Beispiel einen recht großen, verwegenen Diebstahl bei hohen Personen, der ordentliches Aufsehen
macht. Noch in derselben Nacht fangen wir die Diebe,
wenigstens Einen, mit dem gestohlenen Gute, wenigstens mit dem größten Theile.

Teufel, Mensch!

Sie wären in vierzehn Tagen Polizeirath, Herr
Assessor.

Teufel! Teufel!

Der Affessor versank in tiefes Nachdenken.

Sein Vigilant, Lude Blecher, sah ihn listig lauernd an.

Hätteft Du etwas Bestimmtes im Auge? fragte der Affessor.

Ich hätte wohl.

Und?

Aber ich habe noch nicht näher darüber nachgedacht.

Laß uns zusammen überlegen.

Kennen Sie das Haus in der Wilhelmsstraße, wo die Prinzessin wohnt? Wie heißt sie doch?

Ich weiß schon. Nun?

Ich kenne die Gelegenheit des Hauses. Ein Diebstahl ift dort leicht zu machen. Leute habe ich genug. Es kommt nur darauf an, wen man fallen laffen, wer der Sündenbock sein soll. Dazu muß ich meinen Ueberschlag machen — vorausgesetzt, daß Sie Luft haben, Herr Affessor.

Der Affessor schien wohl Luft zu haben. Seine fortwährende Maximen zeigten es.

Ich werde mir die Sache überlegen, sagte er. Mache Deinen Ueberschlag. Heute Abend um fünf Uhr erwarte ich Dich, bei mir.

Sie schieden. Jeder nahm einen anderen Weg.

Der Affessor speiste zu Mittag in einer Restauration an der Königsstraße. Er wohnte in der Nähe des Molkenmarktes. Er ging zuerft zu seiner Wohnung, um die Polizeiuniform mit einem einfachen bürgerlichen Rocke zu vertauschen. Im Bürgerrock steht die Polizei am meisten. — Er ging dann zu seinem Speisehause.

Er hatte zu dem Vigilanten gesagt, er wolle sich die Sache überlegen. Er überlegte sie sich wirklich, und, wie wir zu seiner Ehre bemerken müssen, zunächst mit seinem Gewissen.

Es ift doch eine verdammte Sache, sagte er unterwegs zu sich, so aus heiler Haut einen Diebstahl

7*

machen. Es gibt zwar Avancement. Man würde
endlich aufmerksam auf mich. Heirathen könnte ich
auch, ich bin nun schon so lange Bräutigam. Aber
dafür ein Verbrechen? Freilich, ich stehle ja nicht selbst.
Es sollen ja nur andere Leute stehlen. Und es wird
kein anderer dabei sein, als lauter bestrafte Diebe.
Dafür würde ich schon sorgen. Dafür würde ich bestimmt sorgen. Die werden dann eigentlich, indem
man sie ertappt, nur für viele andere Diebstähle, vielleicht gar Räubereien und Morde, die sie sonst bege-
hen würden, unschädlich gemacht. Und, wie oft haben
Andere vor mir schon dergleichen Coups gemacht.
Eigentlich kann eine gute Polizei ohne sie gar nicht
existiren. Also — Aber es ist doch eine verdammte
Sache. So bloß für mich, für mein Avancement.
Und gar heirathen wollte ich darauf — ich bin zwar
nicht abergläubisch. —

Ach, guten Tag, Assessor! wurde der gewissenhafte
Assessor in seinen Betrachtungen unterbrochen.

Sie da, Baron Roth? Sie hätten mich beinahe
erschreckt.

Und ich wollte Ihnen eine Freude machen.

Sie mir?

Ja, ich komme zufällig des Weges, sehe Sie da in
so tiefen Gedanken gehen, denke bei mir, der denkt gewiß an sein Avancement —

Der Assessor wurde roth. Es ist das eine schlechte
Eigenschaft bei Polizeibeamten.

Auch der Baron war der Meinung.

Ei, ei, lieber Assessor. Sie lassen sich so auf Ihren
geheimsten Gedanken ertappen. Beinahe sollte ich den
Schritt unterlassen, den ich thun wollte.

Der Assessor hatte aber auch gute Polizeieigen-
schaften.

Sie wollen etwas von mir, Baron? Ich sehe es
Ihnen an.

Ich? Ich wollte Ihnen, wie gesagt, nur eine

Freude machen. Der berüchtigte Dieb Carl Stöhler, wird doch von der Polizei gesucht?

Aber vergebens.

Ich könnte ihn in Ihre Hände bringen.

Sie? Sie wissen wo er ist?

Nicht wahr? Der Fang brächte den langersehn-ten Polizeirath. Ja, ich weiß, wo er ist.

Ich würde Ihnen in der That sehr dankbar sein, Baron.

Ich halte Sie beim Wort. Der Dieb Carl Stöh-ler ist bis heute Abend zehn Uhr in der Schäfergasse Nummer funfzehn; oben auf dem Boden, rechts hin-ter einem Verschlage.

Ihre Nachricht ist zuverlässig, Baron?

Vollkommen.

Von wem haben Sie sie?

Von einem Zufall. Dieser selbst ist mein Geheimniß. Aber Sie wollten mir dankbar sein.

Befehlen Sie über mich.

Ich habe nur eine Bitte. Der Zufall, von dem ich meine Nachricht habe — es ist ein kleiner, hübscher, leichtfertiger, aber immerhin gewissenhafter Zufall — er würde untröstlich, er würde gar für mich verloren sein, wenn er erführe, daß ich seinen Verrath verra-then hätte. Arretiren Sie daher den Menschen, den Stöhler, nicht so direct. Er kann ja über irgend einen kleinen Diebstahl ergriffen werden. Die Herren haben dafür ihre Vigilanten. So wären für mich die De-hors gewahrt.

Sie sollen mit mir zufrieden sein, Baron.

Schön! Adieu!

Der Baron ging seines Weges weiter.

Der Assessor schlug vergnügt ein Schnippchen in seine Tasche.

Gefunden! Alles gefunden, was nöthig war! Da wäre, strenge genommen, die Sache gar amtlich gerecht-fertigt. Zur Einfangung eines so berüchtigten und gefährlichen Verbrechers! Wer kann mir beweisen, daß der Diebstahl nicht nöthig war, um ihn einzufangen? — Wenn der Blecher nur früh genug zu mir kommt! Die Sache muß noch heute Nacht ausgeführt werden.

8.

Noch ein Gewissen.

Hinten in der Schäfergasse zu Berlin stehen Häuser, die mehr Scheunen, als Wohnhäusern gleichen.. Sie haben auch hohe Dächer und weite Dachböden, und die Böden sind nicht zu Wohnungen eingerichtet, dienen aber doch manchmal dazu, öfters freilich auch zu manchem Anderen.

Auf einem dieser weiten Dachböden war es leer. Nur hinten rechts in einer Ecke lag etwas Heu und etwas Stroh. Es lag aber entweder vergessen oder nur zum Schein da, denn es war halb verrieselt und halb verfault, und zu gebrauchen war es nicht mehr. Hinter dem Heu und Stroh war ein Bretterverschlag, als wenn dort eine Art von Plunderkammer sei. Es konnte aber auch das nur Schein sein.

Ein alter, aber noch rüstiger, großer kräftiger, finsterer Mann hatte die verfallene Treppe zu dem Boden erstiegen. Er ging an dem Stroh und Heu vorbei und trat an den Bretterverschlag. Er horchte. Es rührte sich nichts.

Schläfst Du, Stöhler? rief er nach den Brettern hin! Jenseits des Verschlages wurde es lebendig.

Ist es denn schon Nacht? fragte eine Stimme. Draußen wohl noch nicht.

Was willst Du, Alter?

Mache auf.

Die Bretter standen aufrecht. Eins wurde von jener Seite ausgehoben.

Es entstand eine Oeffnung, weit genug, daß ein Mensch bequem hindurch schreiten konnte.

Man konnte also auch hindurch sehen. Ganz dunkel war es unter dem Dache noch nicht, obwohl der Abend nahete.

Eine Plunderkammer war hinter dem Bretterverschlage, und auch nicht. Ein, aus Stroh und einigen Lumpen bestehendes Lager war da, und ein Mensch, der darauf gelegen hatte, in diesem Augenblicke aber aufrecht vor der Oeffnung stand, die er durch Ausnehmen des Brettes selbst gemacht hatte.

Der Mensch war der Dieb Carl Stöhler.

Der Verschlag war sein Tagesaufenthalt, nicht sein Nachtlager. Freilich bedurfte er wohl nur bei Tage eines Lagers.

Es will Dich Jemand sprechen, sagte der alte Mann, wahrscheinlich der Hauswirth, zu dem Diebe.

Wer? fragte der Dieb.

Eine Frauensperson.

Wer ist sie?

Sie sagt, ich solle Dir nur sagen, sie sei die Louise aus der Mulacksgasse.

Wie sieht sie aus?

Nun, wie die Personen aus der Gasse.

Dick?

Es geht an.

Noch hübsch?

Passabel.

Sagte sie, was sie wollte?

Sie komme von Deiner Tochter.

Von meinem Kinde? laß sie herauf.

Der Dieb sagte es hastig. Er war vorher mißtrauisch, bedächtig gewesen. Er war plötzlich ein anderer Mensch. Er drängte den alten Mann fort.

Nach wenigen Augenblicken erschien die dicke Louise aus der Mulackgasse an dem Verschlage. Sie war allein.

Du kommst von meinem Kinde? rief ihr der Dieb entgegen.

Ja, Herr Stöhler.

Wie geht es ihr?

Gut. Besser als je in ihrem Leben, wenn sie sich nicht nach Ihnen sehnte.

Sie kann sich nicht mehr nach mir bangen, das arme Kind, als ich mich nach ihr. Bei wem ist sie?

Bei einer braven, vornehmen Herrschaft, die sich ihrer angenommen hat. Sie ist da, wie ein Kind im Hause.

Und sie schickt Dich zu mir?

Sie und die vornehme Dame. Charlotte läßt Sie bitten, Sie möchten heute Abend zu ihr kommen. Und die vornehme Dame will Sie auch sprechen.

Was will die denn von mir?

Charlotte sagte mir im Vertrauen, es sei die nämliche, die Sie von der klapperdürren Caroline und dem langen Wilhelm befreit hatten. Sie hatte sich damals als Herr verkleidet.

Und was soll ich jetzt bei ihr?

Sie will Ihnen aus Dankbarkeit Begnadigung verschaffen und Ihnen dann Geld geben, daß Sie nach Amerika gehen können, um wieder ein ehrlicher Mensch zu werden.

Mit meinem Kinde?

Mit Charlotte, und — und, Herr Stöhler —

Was hast Du noch?

Auch ich möchte mit. Ich möchte auch wieder ein ehrliches Mädchen werden.

Der Dieb war durch den Antrag, der ihm so plötzlich gemacht wurde, überrascht.

Sie sagen mir nichts, Herr Stöhler?

Er mußte antworten.

Wann soll ich mein Kind sehen?

Heute Abend. Ihre Begnadigung ist noch nicht da. Sie sind also noch nicht sicher vor der Polizei. Sie sollen daher eine Droschke nehmen. Hier ist das Geld dafür. Um halb zehn Uhr heute Abend steigen Sie an den Linden, Ecke der Wilhelmstraße, aus. Ich werde da sein, und Sie weiter führen.

Der Dieb besann sich nur kurz.

Gut, Du wirst mich finden. Grüße mein Kind.

Das Mädchen verließ ihn.

Carl Stöhler aber wurde sehr unruhig, als sie fort war.

Auswandern, wieder ein ehrlicher Mensch werden, so mit seinem Kinde zusammen leben, das war die Summe seiner Wünsche gewesen, als er gefangen saß, als er lebenslängliche Zuchthausstrafe zu erwarten hatte, als er nach Freiheit rang. Jetzt wurde ihm Alles das angeboten, er brauchte nur zuzugreifen, und frei war er überdies. Aber er war frei, und er war ein alter Dieb, und das Leben ist einem alten Diebe die süße Gewohnheit des Stehlens. Er hielt folgendes Selbstgespräch:

Begnadigen wollen Sie mich? Aber ich soll von hier fort? Ganz fort? Nicht mehr stehlen? Nie mehr? Immer ein ehrlicher Mensch bleiben?

Er schüttelte selbst ungläubig den Kopf.

Aber dann kam doch der bessere Geist über ihn, durch die Liebe zu seinem braven, kranken Kinde.

Es ist wohl viel verlangt. Aber ich soll bei meinem Kinde sein. Bei meinem armen Kinde. Ohne das bliebe sie allein, ohne mich. Ohne mich lebt sie nicht mehr. Ich weiß es. Und wenn das Kind stürbe, um meinetwillen stürbe, wenn ich sie todt gemacht hätte. — Ich komme. Ich will die Begnadigung annehmen. Ja, ich will! —

War der Sieg des Besseren von Dauer?

Der alte finstere Mann stand wieder vor dem Verschlage.

Der Lude Blecher will zu Dir.

Der Lude Blecher? Woher weiß der, daß ich hier bin? —

Er wollte es nicht sagen. Er will nur mit Dir sprechen.

Hast Du ihm zugestanden, daß ich hier bin? Nein. Du traust ihm also auch nicht?

Es hieß einmal von ihm, daß er ein Vigilant sei. Auch sein Aussehen gefällt mir nicht. Er kann keinem ehrlichen Menschen ins Gesicht sehen.

Unter den Dieben ist bekanntlich nur ein Dieb ehrlich.

Aber sprechen mußt Du ihn doch, fuhr der Wirth des Diebes fort. Er weiß einmal, daß Du hier bist, und wenn er wirklich ein Vigilant ist, wärst Du erst recht nicht mehr sicher.

Der finstere Mann hatte darin Recht.

Laß ihn kommen, sagte der Dieb.

Lude Blecher, der Dieb und Vigilant, kam. Er kam in seiner doppelten Eigenschaft. Er wollte nur als Dieb gelten.

Der alte Dieb empfing ihn schweigend, mit einem forschenden Blick.

Der Vigilant konnte den Blick aushalten.

Sollte er doch ehrlich sein? fragte sich Carl Stöhler, der selbst kein Verräther war.

Was willst Du von mir, Lude? fragte er.

Ich habe Dir ein Anerbieten zu machen, Stöhler.

So? Aber zuerst, woher weißt Du, daß ich hier bin?

Der ganze Schmortopf weiß es.

Die verdammten Weibsleute haben geschwatzt.

Was schadet Dir das? Aus dem Schmortopfe wird Dich Keiner verrathen.

Auch Du nicht? fragte doch mißtrauisch der Dieb.

Der Vigilant wurde beleidigt.

Ach, Carl Stöhler, hältst Du mich für so Einen, sprichst Du so mit mir', so habe ich nichts mehr mit Dir zu schaffen.

Der Schurke hatte die richtige Seite des Diebes getroffen, der des Verraths unfähig war.

Nun, nun, Bursch, fahre nicht gleich auf. Sag Dein Anerbieten her.

Der Vigilant ließ sich schnell besänftigen.

Wir haben eine große Sache vor, Stöhler, und dazu bedürfen wir Deiner.

Nenne die Sache.

Eine Kasse soll bestohlen werden.

So? sagte der Dieb gleichgültig.

Es können an zehntausend Thaler darin sein.

Die Summe mußte dem Dieb in das Gewicht fallen.

Zehntausend Thaler! murmelte er vor sich hin, und seine Augen leuchteten.

Der David Hörl hat die Sache ausgekundschaftet. Außer ihm und mir werden der Melchior Hartmann und der Wilhelm Grützner dabei sein, und auf Dich rechnen wir.

Carl Stöhler hatte seinen Entschluß gefaßt. Seine Augen hatten nur einen Moment geleuchtet.

Auf mich habt Ihr vergeblich gerechnet, sagte er kalt.

Der Vigilant war verwundert.

Was ist denn das, Stöhler?

Eine abgemachte Sache, Lude Blecher.

Ah, Dir fehlt wohl der Muth? Den hast Du diesmal geschwinde in der Stadtvoigtei gelassen.

Das trifft mich nicht, Lude. Du weißt es besser.

Dann willst Du Dich wohl gar bessern, fromm werden?

Der Dieb wurde roth. Sein Muth war unantastbar. Ueber den Vorwurf der Feigheit war er erhaben. Aber der Vorwurf der Besserung? Er war schon an sich schwerer, als der der Feigheit, und — war hier das Gewissen des Diebes rein?

Der Vigilant sah das schuldbewußte Erröthen. Er mußte rasch das Feuer weiter schüren.

Man sprach schon vor einiger Zeit sonderbare Sachen von Dir, Stöhler.

Und was sprach man?

Du wolltest Dich wirklich beffern.

Wer hat das gesagt?

Du wolleft ein ehrlicher Mensch werden, in den Gefängnißverein gehen — bei dem frommen General, der an der Spitze steht, seist Du gar schon gewesen.

Den Dieb konnte vor dem Selbstverrath nur noch der Zorn retten.

Von wem haft Du das gehört, Mensch?

Nun, in der Mulacksgasse weiß es jedes Kind.

Es ist aber gelogen.

Und sogar in der Stadtvoigtei wissen sie es schon.

Es ist dennoch gelogen, sage ich Dir.

Du willst also mit uns machen?

Habe ich das gesagt?

Aber Du wirst es sagen, Carl Stöhler, wenn ich Dir noch ein Wort gesagt habe.

Ich wäre neugierig.

Der Diebstahl kann ohne Centrumbohrer nicht gemacht werden, und darin hat Keiner mehr Fertigkeit, als Du.

Aber ich habe keinen Centrumbohrer.

Den hätte ich.

Er hatte auch den Dieb. Der Ehrgeiz des Diebes, die Gewohnheit des Stehlens waren seine Verbündeten. Das Pulver hatte der alte Berliner Dieb auch nicht erfunden.

Ich sage noch nicht ja, wehrte er sich noch.

Aber ich hole Dich um neun Uhr heute Abend ab, sagte der Vigilant.

Heute schon?

Heute Abend.

Du wirst mich hier finden.

Der Vigilant ging, mühsam seinen Triumph ver=
bergend.

Der Dieb hatte noch einen kleinen Kampf mit sich;
doch eigentlich keinen Kampf, nur eine kleine Beschwich=
tigung und auch die nur mehr zum Scheine, zum Scheine
um sich selbst zu täuschen. Es giebt kein sonderbareres Ding
in der Welt, als das Gewissen. Ein Gewissen hat
aber nur der Mensch. Ist der Mensch darum das
sonderbarste Wesen auf der Welt?

Um neun Uhr der Eine, um halb zehn Uhr die
Andere! Mit wem soll ich denn gehen? Zu wem?
Nicht zu meinem Kinde? Aber ich soll nicht mehr stehlen?
was soll ich denn anfangen? Begnadigen wollen Sie mich!
Werden sie 'es auch können? Und wenn auch, was dann
weiter? Geld wollen sie mir geben? Wenn ich dann selbst
bestohlen würde? Es ist ein altes Sprichwort: wenn der
Spitzbube ehrlich wird, so ist es vorbei mit ihm. Mein
Kind? Sie ist brav und fromm, und wenn der liebe
Gott sie wieder lieb hat, so kann er ja uns Beiden
Glück geben. Auch mir —

Damit stand sein Entschluß fest. An einen As=
sessor, der Polizeirath werden wollte, dachte er nicht.
Auch an den Baron Roth dachte er nicht. Er kannte
freilich den Namen nicht. Er dachte aber auch nicht
an den Mann, der, ohne daß er es wußte, diesen Na=
men führte, und den er unter einem andern Namen
nur zu wohl zu kennen schien.

Es ist ein eigen Ding um das Gewissen. Es ist
aber auch ein eigen Ding um die Geschicke, die dem
Spiele mit dem Gewissen folgen.

9.

Ein Diebesgang.

Mit dem Glockenschlage neun an demselben Abend
stand der Vigilant Lude Blecher vor dem Verschlage
Carl Stöhlers. Der Dieb war fertig. Sie verließen
zusammen den Dachboden, das Haus. Sie gingen
durch die Schäfergasse. An der Ecke der Jakobsstraße
hielten Droschken.

Nehmen wir eine? fragte der Vigilant. Wir sind
um so sicherer.

Wohin fahren wir?

Ich habe die Andern an die Ecke Unter den Lin=
den und der Wilhelmsstraße bestellt.

Wie? stutzte der Dieb.

Fällt Dir das auf?

Nein. Laß uns fahren.

Sie stiegen in eine Droschke.

Unter den Linden und Wilhelmsstraßen Ecke, be=
fahl der Vigilant dem Droschkenkutscher.

Aber durch das Potsdamer Thor, befahl der Dieb
hinterher.

Die Droschke fuhr ab.

Warum durch das Thor? fragte der Vigilant den
Dieb.

Ich habe meine Gründe.

Sie fuhren in die Leipzigerstraße, durch das Pots=
damer Thor, durch die Schulgartenstraße, zum Bran=
denburger Thor. In einer Entfernung von vierzig
bis funfzig Schritten fuhr eine andere Droschke hinter
ihnen her.

Schon als sie aus dem Hause Nr. 15 der Schä=
fergasse kamen, und der Jakobsstraße zu gingen, war
hinter einem gegenüberliegenden Hause ein Mann her=
vorgetreten.

Es war eine große, kräftige Gestalt, mit einer gewissen militairischen Haltung. Der Mann suchte aber das Soldatische in seinem Wesen zu verbergen, und es hätte freilich auch schlecht zu seinem übrigen Aeußern gepaßt. Er trug eine alte, graue Blouse, die mit einem ledernen Gürtel um den Leib befestigt war, und auf dem Kopfe eine dunkle Mütze mit einem breiten Schirm, der sein Gesicht so verbarg, daß man, zumal in der Dunkelheit des Abends, genau spähen mußte, um nur einen Zug darin zu erkennen.

Als der Vigilant und der Dieb die Droschke bestiegen hatten, ging der Mann in der grauen Blouse zu der nächsten in der Straße haltenden Droschke.

Hier, einen Thaler, Kutscher. Du fährst immer jenen nach, und bleibst immer vierzig Schritte hinter ihnen. Ich gehöre zur Polizei, und was jene sind, kannst Du Dir denken.

Ich kann es mir denken, Herr Commissarius, erwiderte der Kutscher.

Er fuhr immer dem ersten Wagen nach.

Halt hier! rief der Dieb vor dem Brandenburger Thore seinem Kutscher zu.

Die Droschke hielt. Die Beiden stiegen aus. Die Droschke kehrte zurück.

Müssen wir durch das Thor? fragte der Dieb den Vigilanten.

Wir müssen zur Ecke der Wilhelmsstraße.

Ich auch?

Du auch.

Vorher noch ein paar Worte, Lude Blecher.

Was ist's?

Der Dieb war doch nicht ganz ohne Mißtrauen geblieben.

Höre, Freund Blecher. Die Leute sagen, Du seist Polizeivigilant gewesen; Du seist es noch. Sollte Dir die Kunst beikommen, es heute Abend sein zu wollen, so siehst Du hier ein Messer, das schon ein=

mal Jemandem wenigstens an der Kehle gesessen hat,
Dir würde es hineingehen. Hast Du mich verstanden?
Der Vigilant wurde diesmal nicht beleidigt. Für
einen richtigen Dieb wäre es auch nicht am Platze
gewesen.
Zum Teufel, Stöhler, Du bist ein Narr. Laß uns
jetzt an unsere Sache denken.
Er schritt durch das Brandenburger Thor den
Linden zu, rechts über den Pariser Platz.
Carl Stöhler folgte ihm.
Beiden folgte der Mann in der grauen Blouse,
der schon von der Schäfergasse her immer hinter ihnen
gewesen war.
Als vor dem Brandenburger Thore die erste Droschke
hielt, hatte auch die seinige gehalten. Als der Dieb
und der Vigilant ausgestiegen waren, war auch er
ausgestiegen. Als sie in die Stadt gingen, folgte er
ihnen. Sie hatten ihn nicht gesehen. Er behielt sie
desto schärfer im Auge.
Carl Stöhler suchte etwas Anderes nicht minder
scharf in's Auge zu fassen.
Auf der Dorotheenkirche schlug es gerade halb
zehn Uhr.
Sie wird mich erwarten, sagte der Dieb zu sich.
An die Ecke der Linden= und Wilhelmsstraße hatte sie
mich bestellt. Sie darf mich nicht sehen. Sie hat
scharfe Augen. — Oder ob ich doch mit ihr gehe? Zu
meinem Kinde? Nein, nein, sie müßten mich für einen
Verräther halten. Es ist zu spät.
Ja, für Manchen ist das „zu spät" wirklich da,
zu seinem Schrecken. Für wie Manchen ist es aber
nur der Vorwand! Freilich dann auch zu seinem
Schrecken.
Aber sehen darf sie mich nicht, schloß der Dieb und
er ging, mit seinem schärfsten Blicke nach allen Seiten
spähend.
Zum Teufel, die darf uns nicht sehen, flüsterte ihm

in dem nämlichen Augenblicke sein Gefährte, der Po=
lizei=Vigilant zu, der doch noch schärfere Augen zu
haben schien, als er.

Da sah auch der Dieb die dicke Louise. Sie stand
lauernd an dem Portal des Redern'schen Palais.

Zurück, fuhr leise der Vigilant fort. Die dicke
Louise aus der Mulackgasse steht da. Wie mag die
hierher kommen? Sollten wir verrathen sein?

Sie waren schon an der anderen Seite der Linden.

Die dicke Louise war ihnen nicht gefolgt, sie mußte
sie nicht bemerkt haben.

Der Mann in der grauen Blouse aber, den sie
nicht bemerkt hatten, war ihnen auch dahin gefolgt.

Der Vigilant und der Dieb gingen einige Häuser
weit links an den Linden hinauf. Dann durchschrit=
ten sie quer die Promenade, so daß sie wieder auf
deren rechter Seite waren. Dort kehrten sie zurück.

In der Nähe der Ecke der Wilhelmsstraße trat
leise ein Mann zu ihnen.

Alles in Ordnung, Melchior? fragte ihn der Vi=
gilant.

Alles gut.

So? Ihr seid schöne Aufpasser! Habt Ihr die
Dirne gesehen, die dort am Redern'schen Palais
lauert?

Was geht uns eine Dirne an?

Es ist die Louise aus der Mulackgasse.

Die könnte uns ja helfen.

Sie wird uns nicht helfen. Sie darf uns nicht
sehen. Sind Alle da?

Alle!

So bringe sie hierher, aber ohne Aufsehen.

Der Vigilant trat mit Stöhler in den Fahrweg
der Linden.

Melchior Hartmann verschwand nach der Wilhelms=
straße hin.

Er kam nach wenigen Augenblicken zurück.

Zwei andere Männer folgten ihm einzeln, Wilhelm Grützner und David Hörk, wie der Vigilant am Nachmittage sie genannt hatte.

Um den Vigilanten vereinigten sie sich Alle. In dem Dunkel unter den Bäumen konnten sie es unbemerkt.

Das Haus, sagte ihnen der Vigilant, in das wir hinein müssen, liegt mit seiner Front an der Wilhelmsstraße. Wir können aber nicht dort einbrechen, es stehen Schildwachen da. Ich wollte Euch nur die Front zeigen, damit Ihr wissen solltet, wo wir eigentlich wären. Es geht aber nicht; der Melchior wird Euch den Grund gesagt haben. So folgt mir denn zu der Brandenburger Communication, aber einzeln und nicht an dem Redern'schen Palais vorbei.

Er kehrte auf die andere Seite der Promenade zurück.

Sie folgten ihm einzeln.

Carl Stöhler sah nach dem Redern'schen Portal hin.

Die dicke Louise stand noch unbeweglich da.

Der Vigilant ging vor der Wache am Brandenburger Thore vorbei in die Communication.

Die Anderen folgten ihm auch dahin.

In einer Krümmung des Weges blieb er stehen, sie zu erwarten.

Sie sammelten sich wieder um ihn.

Es war tief dunkel dort. Der Weg war schmal. Rechts begrenzte ihn die hohe Stadtmauer, links eine nicht minder hohe Gartenmauer. Gleich hinter dieser, fast noch über ihr, erhoben sich hohe, dichtbelaubte Bäume.

Menschen gingen in der Dunkelheit des Abends dort nicht vorbei.

Der Abend war sehr dunkel; der Himmel war schwarz bewölkt. Die Laternen standen in der Communication weit auseinander.

Wir sind hier ungestört, sagte der Vigilant. Halten wir Kriegsrath.

Wir müssen in den Garten hinter dieser Mauer. Zwanzig Schritte von hier ist ein Pförtchen in der Mauer; die Schlüssel Hörl's öffnen es.

Ich habe probirt, versicherte David Hörl.

Der Garten, fuhr der Andere fort, geht bis an das Haus. Aus dem Hause führen zwei Thüren hinein. Eine größere mit einer Freitreppe; sie hat ihren besonderen Portier, geht uns daher nichts an. Eine kleine Seitenthür rechts; durch sie müssen wir. Aber sie ist fest und von innen verriegelt. Wir können sie also nur öffnen durch Centrumbohrer und durch Ausschneiden des Schlosses.

Zwei Bohrer habe ich bei mir, sagte einer der Diebe, Wilhelm Grützner.

Ein gutes Messer habe ich, sagte Carl Stöhler. Ich werde auch das Bohren besorgen. Ich verstehe mich darauf.

Der Geist des Stehlens kam mehr und mehr über den alten Dieb. Er ist ein ebenso gewaltiger Dämon, wie der des Spielens.

Der Vigilant fuhr fort:

Ehe ich Euch das Innere des Hauses beschreibe, muß ich von seinen Bewohnern sprechen. Es wohnen nur Damen darin, eine alte Prinzessin mit einer Verwandtin und mit ihren Hofdamen und Kammerfrauen. Lakaien, Bediente, Kutscher und Stallknechte haben sie freilich genug, auch wohl Haushofmeister und was sonst dazu gehört. Und des Nachts auch eine Nachtwache, wer weiß von wie viel Mann. Aber da Alles schläft, oder trinkt, oder spielt, oder tanzt gar, wenn die Herrschaft nicht zu Hause ist, nach dem Sprüchworte von der Katze und den Mäusen. Und heute Abend sind die Damen zu einer großen Hoffête, von der sie erst gegen Mitternacht zurückkommen. Darum

8*

können wir auch nur zwischen zehn und eilf unser Geschäft im Hause machen.

Nun zu dem Inneren des Hauses.

Wir müssen zu der Schatulle der Alten. Sie hat
sie in ihrem Schlafzimmer. Das Schlafzimmer liegt
im ersten Stock nach dem Garten zu. Man kann auf
zwei Treppen hinkommen. Zu beiden Treppen kann
man von dem Seitenpförtchen her gelangen. Ein
Gang führt von diesem rechts zu der Haupttreppe.
Zu ihr dürfen wir nicht; die beiden Portiers könnten
uns sehen. Ein schmalerer Gang führt links zu der
Hintertreppe. Das ist unser Weg. Treppe und Gang
sind nicht beleuchtet, und es wohnt dort Niemand, als
ein paar alte Kammerfrauen.

Wir müssen jetzt nur noch die Rollen vertheilen.
Ich denke, so:

Einer bleibt an der Seitenthür auf Wache zurück.
Du, Grützner, bist Du einverstanden?

Ja, sagte Wilhelm Grützner.

Eine zweite Wache bleibt oben an der Treppe, für
den Fall, wenn im Hause etwas passirt. Wer hat
Lust?

Ich muß zu der Kasse, rief in seiner erwachten
Diebeslust Carl Stöhler.

Das war auch mein Gedanke, sagte der Vigilant,
Du hast die meiste Gewandtheit im Aufbrechen. Aber
auch Hörk muß mit dabei sein, weil er die Localität am
besten kennt, und auch Melchior, weil er der Stärkste
von uns Allen ist; es könnte zu einem Ueberfall
kommen.

Du wolltest also oben auf Wache stehen, Lude
Blecher? fragte Carl Stöhler.

Ich weiß keinen Andern.

Aber ich. Der Melchior Hartmann wird es sein.
Ich habe eben so starke Arme wie er, und wenn wir
überfallen werden, kann er geschwinde genug bei der
Hand sein.

Der Dieb hatte noch immer wieder Mißtrauen. Der Vigilant durfte es nicht noch mehr wecken. Meinetwegen auch der Melchior, sagte er. Bleibt es dabei?

Es bleibt dabei.

Dann an's Werk.

Sie gingen zu dem Pförtchen in der Mauer, das zwanzig Schritte von ihnen war.

David Hörk hatte einen ganzen Bund voll Nachschlüssel und Haken bei sich. Er öffnete mit einem der Schlüssel leicht das Pförtchen. Die fünf Diebe traten in den Garten. Hörk wollte die Pforte von innen wieder abschließen.

Nein, befahl der vorsichtige, vielleicht auch wieder mißtrauische Stöhler. Man darf sich seinen Rückzug nicht versperren.

Man mußte ihm Recht geben. Die Pforte wurde nur angelehnt.

Er hatte sich unbewußt sein Schicksal gemacht.

Sie gingen in die Tiefe des Gartens hinein. Es war überall dunkel und still. Kein Mensch begegnete ihnen. Sie hörten kein Geräusch, sie sahen keine Bewegung.

Daß bald nach ihrem Eintreten in den Garten das nur angelehnte Pförtchen sehr leise geöffnet wurde, daß Jemand in dem Garten schritt, das Pförtchen wieder zulegte und ihnen dann vorsichtig folgte, hörten und sahen sie nicht. Von dorther erwarteten sie keine Gefahr.

Sie kamen in die Nähe des Hauses. Es lag fast völlig dunkel vor ihnen. Nur aus einzelnen Fenstern drang ein Lichtschimmer, unten neben dem großen Hofportal und oben, im zweiten Stock und in der Mansarde, wo die Hofdamen, die Kammerjungfern und die übrige Dienerschaft wohnten.

Rechts vom Hause, in den Remisen und Ställen war gar kein Licht zu sehen.

Vortrefflich, frohlockte der Vigilant.

David Hörl, der mit der Localität am genauesten bekannt war, hatte im Garten die Führung übernommen.

Er führte sie auch zu der Seitenthür des Hauses. Dort sollten Centrumbohrer und Messer gebraucht werden.

Versuchen wir zuerst Nachschlüssel, sagte einer der Diebe. Vielleicht ist der Riegel inwendig noch nicht vorgelegt. Das Bohren dauert lange.

David Hörl hatte schon sein Bund Nachschlüssel hervorgezogen. Er versuchte. Die Thür ging auf.

Wir haben Glück! frohlockten leise die sämmtlichen Diebe, auch arglos Carl Stöhler.

Er sah freilich in seinem Eifer und in der Dunkelheit nicht das spöttische Lächeln in dem falschen Gesicht des Vigilanten. Keiner sah es.

Das Oeffnen war ohne alles Geräusch geschehen. Man vernahm auch sonst nichts. Wilhelm Grützner blieb schweigend an der Thür als Wache zurück. Die Anderen gingen in das Haus.

Sie waren in einem dunklen Gange, der nach rechts und nach links lief. Rechts mündete er in den großen Flur des Hauses; ein Lichtschimmer, der von daher kam, zeigte es an. Links wurde er schmaler und dunkler. Dort mußte er zu der Hintertreppe führen.

Unter der Leitung Hörl's gingen die Diebe links. Es blieb dunkel und still. Sie erreichten nach einigen Windungen des Ganges den Fuß der Treppe. Sie machten Halt.

Auch die Treppe hinauf war es dunkel. Still war es überall. Sie erstiegen die Treppe. Sie befanden sich in einem Gange, der eben so schmal war, wie der unten an der Treppe. Es war auch eben so dunkel da. Sie waren an der Rückseite des Hauses. Es lagen dort nur Wohnstuben für die Bedienten, oder

Kammern, die zu Anderem als zum Bewohnen gebraucht wurden.

Melchior Hartmann blieb an der Treppe oben auf
Wache zurück. Die drei andern Diebe wollten weiter
in den Gang gehen.

Auf einmal hörten sie ein Geräusch. Sie hielten
ihre Schritte und den Athem an. Das Geräusch
schien unten zu sein, in der Gegend, aus der sie kamen. Es war als wenn eine Thür geöffnet und wieder zugemacht werde.

Es ist die kleine Thür, durch die wir gekommen
sind, sagte Melchior Hartmann, der ein scharfes Ge-
hör hatte.

Wer mag da sein.

Gefährliches nichts. Sonst würde Grützner das
Zeichen gegeben haben.

Wenn er rücklings überfallen wäre!

Der Grützner läßt sich nicht rücklings überfallen.

Man hört auch nichts mehr. Es ist Alles still.
Es war wohl nichs.

Also weiter.

Sie gingen weiter in den Gang hinein. —

Es war doch Etwas, was sie gehört hatten, und
nichts Unbedeutendes.

Der Mann in der grauen Blouse, auf dem Kopfe
eine Mütze, deren breiter Schirm fast das ganze Gesicht bedeckte, stand plötzlich neben Wilhelm Grützner.
Der Wachehaltende Dieb wollte schon davon springen,
seine Kameraden feige im Stiche lassend.

Ruhig, Wilhelm Grützner, sagte leise der Mann
in der Blouse.

Wilhelm Grützner erkannte ihn trotz dem breiten
Schirme.

Du, Detert?

„Wie Du siehst? Aber schreie nicht so.
Woher kommst Du?

Woher kommt Ihr Andern?

Wohin willst Du denn?

Euch helfen. Oder vielmehr den Andern. Denn Du kannst Dir allein helfen, wie ich sehe. Du rennst davon.

Zum Teufel, Mann, jeder ist sich selbst der Nächste. Aber nun fort, ich begreife nicht, woher Du —

Von Begreifen ist hier keine Rede. Ich weiß von Euren Geschäften hier; ein Beweis ist der, daß der Carl Stöhler und der Blecher dabei sind. Ich will meinen Theil haben. Und nun laß mich vorbei.

Wilhelm Grützner ließ den Mann in der grauen Blouse, den er Detert genannt hatte, durch die Thür in das Haus.

Gehe nur recht leise! flüsterte er ihm noch nach.

Es war ein überflüssiger Rath. Der Mann ging so leise, daß man in einer Entfernung von fünf Schritten sein Gehen nicht hören konnte.

Die drei Diebe waren oben weiter in den Gang hineingegangen.

Es waren der Vigilant Lude Blecher, Carl Stöhler und David Hörk.

David Hörk ging voran. Er hatte den Diebstahl ausgekundschaftet und kannte auch die Lokalität oben im Hause. Die beiden Andern waren dicht hinter ihm. Sie gingen neben einander. Jeder von ihnen hielt den Andern scharf im Auge. Keiner zeigte es dem Andern.

In Carl Stöhler war die volle Lust des Diebes erwacht. Damit aber auch der volle Sinn des Diebes, und in ihm stehen Vorsicht und Aufmerksamkeit oben an. Der Gang, indem sie sich voran bewegten, machte eine Biegung.

David Hörk blieb stehen.

Geht hier noch leiser als bisher, sagte er zu seinen Kameraden. An dem Gange, in den wir jetzt kommen, ist fast Stube an Stube bewohnt.

Haben wir noch weit zu gehen? fragte Carl
Stöhler.

Aus diesem Gange kommen wir nochmals in einen
Seitengang; dann in den Hauptkorridor, an dem die
Stube mit der Kasse liegt.

Sie gingen weiter. Sie standen wieder vor einer
Biegung des Ganges.

Jetzt kommen wir in den letzten Seitengang, flü=
sterte der Führer Hörl im Gehen zurück.

Auf einmal blieb er stehen.

Um Gotteswillen, still, sagte er.

Sie standen alle Drei, und horchten wieder mit
angehaltenem Athem. Sie hörten diesmal ein sehr
deutliches Geräusch, und es war nicht hinter, sondern
nahe vor ihnen.

In dem Seitengange, in dem sie hineinbiegen
wollten, von dessen Mündung sie kaum fünf Schritte
entfernt standen, gingen Menschen. Es war der Schritt
von zwei Personen. Sie kamen näher. Sie gingen
schweigend. Sie hatten ein Licht bei sich. Der Schim=
mer zitterte bis fast in den Gang hinein, in dem die
drei Diebe standen. Sie waren einen Augenblick
rathlos. Dann hatte Carl Stöhler in die Brusttasche
seines Rockes gegriffen. Ein Messer blinkte in seiner
Hand. Seine Augen warfen sich blitzend auf den Vi=
gilanten.

Lube Blecher sah das Blinken und das Blitzen
in dem zitternden Lichtschimmer, der in dem Seiten=
gange wehte. Der Vigilant erbleichte.

Bist Du des Teufels, Stöhler?

Ich habe es Dir vorher gesagt, Lube Blecher.

Zum Teufel, Ihr seid Beide von Sinnen, sagte
David Hörl. Keinen Laut mehr, oder wir sind ver=
loren. Nur zurück! Leise, leise!

Sie wollten sich zurückziehen. In dem nämlichen
Augenblicke hörten die Schritte auf. In dem Seiten=
gange wurde eine Thür geöffnet.

Hier, sagte dann die Stimme eines Mannes.
Die Thür wurde wieder zugemacht. Der Mann
kehrte allein in den Gang zurück. Er entfernte sich
von der Gegend, wo die Diebe standen, mit ihm der
zitternde Schimmer des Lichts. Nach einigen Minuten
war kein Schimmer mehr zu sehen, kein Schritt mehr
zu hören.

Die Gefahr wäre vorüber, sagte David Hörk.
Wir haben aber auch keine zweite mehr zu befürchten.
Der Mensch hat auf seinem Rückwege mit Nieman=
dem gesprochen, ein Beweis, daß die Luft rein ist.
Also schnell voran. Aber auch vorsichtig. Denn Leute
wohnen hier überall.

Sie erreichten die Biegung des Ganges, vor der
sie gestanden hatten. Sie gingen in den Seitengang
hinein. Sie durchschritten ihn. Sie kamen in einen
breiteren Corridor. Sie traten an dessen Ende hinein.
Er war erleuchtet, aber die Lampe brannte nicht hier
an dem Ende, sondern erst in der Mitte und nach dem
anderen Ende hin, wo die herrschaftlichen Wohnge=
mächer lagen.

Der Corridor war leer. Die Diebe waren noch
immer ziemlich im Dunkel. Sie waren stehen geblie=
ben. Sie lauschten. Rund um sie her herrschte die
tiefste Stille. Es schien Alles im Hause sich der
Ruhe hinzugeben.

Die Mäuse tanzen hier wenigstens nicht, wenn die
Katze nicht zu Hause ist, lachte der Vigilant, der wie=
der Humor erhalten hatte. Aber führe uns zum
Werke, David.

Seht Ihr dort vor uns die dritte Thür rechts?
fragte David Hörk.

Ja!

Da ist die Stube, in die wir müssen.

Voran!

Halt! Zuerst, wie vertheilen wir uns?

Carl Stöhler sagte es.

Ich, sagte David Hörl, ich habe die Nachschlüssel und schließe die Thür auf.

Und nur zwei, bemerkte Lube Blecher dürfen hineingehen. Einer muß hier draußen Wache stehen. Wer soll? Mir ist es gleich.

Keiner antwortete.

Wenn Du Lust hast, Stöhler, so will ich, fuhr der Vigilant fort.

Aber — Du gehst mit hinein, entschied wieder bestimmt das Mißtrauen Carl Stöhlers. Ich bleibe hier draußen.

Auch gut, sagte gleichgültig der Vigilant.

Er und David gingen zu der dritten Thür rechts in dem Corridor. David Hörl hatte leise seinen Bund Nachschlüssel hervorgezogen. Er arbeitete damit an dem Schlosse der Thür, aber so lautlos, daß selbst Carl Stöhler kaum zehn Schritte von ihm, nichts hören konnte.

Der Vigilant stand mit an der Thür.

Carl Stöhler war an dem Eingange des Corridors stehen geblieben. Er besah sich den Ort, an dem er stand, näher. Er konnte in den ganzen Corridor hineinsehen, und in den dunklen Seitengang, aus dem sie gekommen waren. In dem Gange wie in dem Corridor sah er in seiner Nähe nur Zimmerthüren. Sonst waren die Wände glatt, ohne Nischen und ohne Vorsprünge.

Ein Hinterhalt kann hier nirgends sein, versicherte der Dieb sich.

Vorsichtig und mißtrauisch, wie er einmal war, schlich er aber doch noch an einige Thüren, um hindurch zu lauschen. Er hörte nichts.

Ich habe dem Burschen Unrecht gethan, sagte er zuletzt für sich. Ich kann ihm doch trauen.

War er mit dem Vertrauen verloren? —

Drei Nachschlüssel Hörls hatten nicht schließen wollen. Ein vierter schloß plötzlich auf. Es geht einem

Diebe freudig durch Mark und Bein, wenn plötzlich ein
Nachschlüssel schließt:

Die Thür ging leise auf, wie in den vornehmen Häu=
sern nichts Geräusch machen darf.

In der rechten Hofluft dürfen selbst die menschli=
chen Stimmen nur säuseln, und nur die fremden —
Papageien haben das Vorrecht zu schreien.

Gott sei Lob und Dank! rief beinahe zu laut, der
Dieb mit dem Nachschlüssel, als die Thür offen war.
Er wischte sich den Schweiß von der Stirn.

Teufel, sagte sich Carl Stöhler, der gar kein Miß=
trauen mehr hatte, jetzt muß ich drinnen dabei sein.
Der Blecher kann hier Wache halten.

Aber die beiden Andern waren schon in dem geöff=
neten Zimmer verschwunden. Die Thür hatten sie
hinter sich zugezogen.

Er muß wieder heraus, sagte Carl Stöhler.

Er ging ihnen nach. Er wollte die zugezogene Thür
öffnen, in das Zimmer eintreten. Ein Geräusch wurde
laut. Er wollte zurück. Er konnte nicht mehr.

10.

Die Erwartung.

Charlotte Stöhler war in dem freundlichen Stübchen, das ihre hohen Gönnerinnen ihr eingeräumt
hatten. Sie lag nicht in dem weichen Lehnsessel. Sie
ging, freilich auf ihre Krücke gestützt, in dem Stübchen
auf und ab. Sie konnte fast kräftig umherschreiten.

Eine freudige, glückliche Hoffnung belebte, kräftigte
sie. Ihr Gesicht war von der Röthe der Hoffnung

und des Glücks überzogen. Sie hatte sich geputzt. Sie hatte die besten Kleider angethan, die man ihr geschenkt hatte.

Sie blieb vor dem Spiegel stehen, um sich über ihren Putz zu freuen, um ihn zu bewundern. Sich selbst bewunderte sie nicht. Sie hätte es wohl gekonnt. Das feine, weiße kranke Gesicht war so ideal, so schön in jener Röthe der Hoffnung und des Glücks.

Sie freute sich ihres Putzes auch nicht für sich. Sie hatte sich für einen Andern geputzt, der sollte glücklich sein, wenn er sie so sähe und in seinem Glücke wollte sie vollständig glücklich sein.

Sie erwartete ihren Vater.

Um halb zehn Uhr sollte die Mamsell Louise ihn zu ihr führen. Es war halb zehn Uhr.

Wo er nur bleiben mag?

Für ihre Ungeduld hätte er schon früher, schon längst da sein sollen. Sie konnte ihn kaum erwarten. Sie mußte sich setzen. Krank war sie immer, und die Unruhe ihres Herzens und das Hin- und Hergehen hatten sie angegriffen. Sie konnte aber auch nicht sitzen. Sie fühlte so das Klopfen ihres Herzens doppelt laut, sie fühlte es fast schmerzhaft. Sie mußte wieder umhergehen.

In dem Stübchen hing eine Wanduhr. Sie zeigte schon fünf Minuten über halb zehn.

Wo er nur bleiben mag, es wird ihm doch kein Unglück begegnet sein!

Sie hörte Schritte im Gange.

Da wird er sein! Da ist er.

Ihre Krücke mußte sie eilig zu der Thür tragen. Dort horchte sie.

Die Schritte näherten sich wirklich ihrem Stübchen. Aber —

Das ist nicht der Schritt meines Vaters. Auch die Mamsell Louise ist nicht dabei. Und klirrt das nicht, wie ein Säbel? Mein Gott, wenn das Gensd'armen wären! Aber was wollten sie bei mir? Wenn sie meinen Vater arretirt hätten —

Die Schritte hielten vor der Thür.

Sie wollen zu mir!

Die Thür wurde geöffnet.

Ein Diener des Hauses trat in das Stübchen. Andere Personen blieben draußen zurück.

Mamsell, sagte der Diener höflich, ein Polizei-kommissarius wünscht zwei Gensd'armen in Ihr Stübchen zu postiren.

Hierher? fragte das auf den Tod erschrockene Kind.

Nur auf etwa eine halbe Stunde, Mamsell.

Warum grade hierher?

Er hat auch andere Zimmer besetzt, hier oben, wie unten.

Aus welchem Grunde? Zu welchem Zwecke denn?

Er hat nur mit dem Herrn Haushofmeister darüber gesprochen, der ihm Alles zur Disposition gestellt hat.

So muß auch ich mich unterwerfen.

Der Diener öffnete die Thür.

Der kleine häßliche Assessor trat mit zwei Gensd'armen ein. Er stutzte, als er die Kranke sah. Er schien sie zu kennen. Ein tüchtiger Polizeibeamter muß Alles kennen, besonders die Kinder von Dieben.

Das Kind kannte ihn nicht. Sie mußte sich von ihm abwenden. War es der Instinkt der Tochter des Diebes? War es seine Häßlichkeit?

Sein Stutzen wich einem augenblicklichem Nachsinnen.

Wer kann die Gedanken eines Polizei-Beamten errathen? Nur die Polizei selbst hat das Privilegium, auch die geheimsten Gedanken Anderer zu wissen. Die Justiz macht es ihr freilich in neuerer Zeit zuweilen nach.

Ein Anflug von Verlegenheit, von Unmuth zeigte sich in dem Gesicht des Assessors.

War es Mitleid mit dem kranken Kinde, deſſen Vater er für immer dem Zuchthauſe überliefern wollte? Oder war es der Gedanke: Teufel, die Perſon hier? Unter ſo hohem Schuhe? Und ich mache gegen ihren Vater dieſe Geſchichte? Wenn das mir theuer zu ſtehen käme!

Jedenfalls ließ er die beiden Gensdarmen in dem Stübchen zurück.

Sie haben Ihre Ordre, ſagte er zu ihnen. Weiter ſprach er nichts. Er entfernte ſich mit dem Bedienten.

Von den Gensdarmen ſtellte ſich der eine an das Fenſter, der andere an die Thür. Beide horchten.

Um die Kranke kümmerte ſich keiner von ihnen. Das Kind wollte ſich beruhigen.

Sie haben mich nicht einmal angeſehen. Meinem Vater und mir gilt es alſo nicht. Mögen ſie dann vorhaben, was ſie wollen. Ich ſehe meinen Vater nur eine halbe Stunde ſpäter. Die Mamſell Louiſe wird ſich unten erkundigt haben und ſo lange ſie hier ſind, ihn nicht zu mir bringen.

Damit legte ſie ſich in ihren Seſſel. Aber das Herz klopfte ihr doch noch.

Bald ſollte es ihr wieder ungeſtüm, ängſtlich, ſchmerzhaft pochen.

Die Gensdarmen ſtanden ſchweigend auf ihrem Poſten. Sie rührten ſich nicht einmal.

Im ganzen Hauſe herrſchte die tiefſte Stille. Durch die Stille wurden wieder Schritte laut.

Die Kranke ſprang auf.

Das iſt die Mamſell Louiſe. Aber mein Vater iſt nicht dabei! Sie wird ihn zurückgelaſſen haben. Sie iſt vorſichtig.

Die Thür wurde geöffnet. Ein Diener führte die Louiſe aus der Mulacksgaſſe herein und entfernte ſich ſofort wieder. Hier! ſagte er nur.

Die Gensdarmen ließen das Mädchen hereinkommen. Ihre Ordre mußte dem nicht entgegen sein. Sie betrachteten sie auch nicht weiter. Sie schienen sie nicht zu kennen.

Das Mädchen war dagegen über ihren Anblick heftig erschrocken. Sie war schon mit einem ängstlichen Gesichte eingetreten.

Die Kranke sah ihre Angst und ihr Erschrecken. Sie erschrak mit.

Um Gotteswillen, was ist vorgefallen?

Still! winkte das Mädchen.

Sie führte die Kranke zu ihrem Sessel. Sie setzte sich neben sie.

Laß uns nur die Lippen dicht am Ohr sprechen.

So sprachen, so flüsterten sie, fast lautlos.

Ist mein Vater nicht gekommen?

Nein! Aber ruhig! Was wollen diese hier?

Ich weiß es nicht. Es sollen noch mehrere im Hause sein.

Seit wann sind sie da?

Seit einer Viertelstunde.

Das Mädchen sann nach. Auf einmal wurde sie sehr unruhig.

Das böse Gewissen combinirt oft Dinge, die unmöglich zusammentreffen können. Aber auch die Angst, selbst die edelste Angst des Mitleids, combinirt so.

Ein Fremder hatte sich so angelegentlich bei ihr nach Carl Stöhler erkundigt. Carl Stöhler war ein alter Dieb, dem das Stehlen zur Gewohnheit geworden war. Der Verrath war groß.

Sie wissen etwas, Mamsell Louise, sagte die Kranke. Und es ist etwas Schreckliches.

Ich weiß nichts Kind. Aber ich errathe etwas, und das wäre nur Gutes. Dein Vater wird draußen auf der Straße vor mir gewesen sein; er hat die da in das Haus gehen sehen, und da hat er sich davon gemacht, ehe ich kam. Darum habe ich ihn nicht getroffen.

Glaubte sie selbst daran?

Die Kranke glaubte ihr.

O, Mamsell Louise, ich überlebte es nicht, wenn jetzt noch meinem Vater ein Unglück passirte, wenn ich ihn nicht wiedersähe.

Was sollte ihm passiren? Die Begnadigung ist vielleicht schon in diesem Augenblicke für ihn ausgesprochen. In wenigen Tagen könnt Ihr abreisen. Könnten Sie mit uns reisen, Mamsell Louise!

Ich?

Sie führen doch ein trauriges Leben, und auch vor den Leuten dürfen Sie es nicht sehen lassen.

Ja, ja, sagte die Dirne aus der Mulacksgasse, nachdenklich und ein wenig seufzend. Aber ich bin noch jung, und ich habe noch Zeit.

Ihr Gespräch wurde unterbrochen.

Draußen auf dem Gange waren sehr leise Schritte an der Thür vorübergeglitten; man hatte sie mehr errathen als vernehmen können.

Da gehen sie vorbei, hatte darauf der Gensdarm an der Thür dem am Fenster zugezischelt.

Beide waren dann zusammengetreten, in der Nähe der Thür. Dort sprachen sie leise weiter.

Jetzt aufgepaßt. Sie können schon in wenigen Augenblicken zurückkommen.

Wir müssen ihnen unter allen Umständen den Weg verrammen.

Ob wir die Thür schon jetzt öffnen?

Ich denke nicht. Sie können in der Nähe eine Wache zurückgelassen haben.

Wie viele waren ihrer?

Drei oder vier. Ich konnte nicht genau unterscheiden. Sie gingen zu leise und zu schnell.

Passen wir auf. Bei dem geringsten Geräusche die Thür aufgemacht und in den Gang!

Sie stellten sich Beide schweigend an die Thür. —
Was mögen die nur vorhaben? fragte die Kranke
gleichgültig. Sie dachte nur an ihren Vater, und daß
die Gensdarmen mit ihrem Vater nichts zu schaffen
hätten, davon war sie nach den Versicherungen ihrer
Gefährtin überzeugt.

Ich weiß es nicht, antwortete das Mädchen, in
eben so gleichgültigem Tone. Aber sie mußte sich den
Angstschweiß von der Stirn wischen. Warum? wußte
sie selbst nicht, und doch war es ihr, als wisse sie es,
sie könne es nur nicht aussprechen.

Es blieb Alles still. Es war eine unheimliche
Stille.

Nur nicht für das kranke Kind, die den Augenblick
ihren Vater zu sehen hoffte.

Sie sollen nur eine halbe Stunde bleiben, flüsterte
sie ihrer Gefährtin wieder zu. Eine Viertelstunde ist
schon vorbei.

Wäre auch die zweite schon vorüber, preßte die
Angst über die Lippen der Gefährtin.

Ich möchte hinausgehen, Charlotte, sagte sie dann.
Und ich muß. Ich muß wissen, was da vorgeht. Ich
bin gleich wieder hier.

Sie erhob sich. Sie wollte fort.

Zurück! befahlen die Gensdarmen. Und keinen
Laut!

Laut wurde es auf einmal draußen. Hastige Schritte
rannten. Thüren wurden geschlagen. Stimmen riefen.
Man konnte die Stimme unterscheiden.

Mein Vater! schrie die Kranke auf. Mein Vater!
Mein Vater.

Ich will, ich will hinaus! wollte die Dirne aus
der Mulacksgasse die Gensdarmen zurückdrängen.

Alle herbei! Alle herbei! rief in der Ferne eine
Stimme.

Die Gensdarmen rissen die Thür auf und stürzten
in den Gang. Die Dirne flog ihnen nach.

Die kranke Charlotte suchte nach ihrer Krücke, um ihnen gleichfalls zu folgen. Sie konnte sie in ihrer Angst nicht finden. Sie sprang ohne die Krücke auf. Sie fiel auf den Boden nieder.

Eine Ohnmacht machte ihrer Angst ein Ende. Als sie erwachte —

Doch, ich muß vorher anderes erzählen.

11.

Auch eine getäuschte Erwartung.

In dem Diebe Carl Stöhler, als er kein Mißtrauen gegen den Vigilanten mehr hatte, war die Lust des Stehlens zur wilden Begierde geworden. Er mußte jetzt unmittelbar dabei sein, da drinnen in der Stube, bei dem Oeffnen der Schlösser, dem Aufsprengen der Kisten und Kasten, dem Einscharren des Geldes. Der Vigilant sollte an seiner Statt in dem Gange Wache halten.

Er eilte an die Thür. Er hörte ein Geräusch. Hinter ihm wurde plötzlich eine Thür aufgerissen, unmittelbar hinter ihm, gerade der Stube gegenüber, in welcher die beiden Diebe waren. Von dort konnte nur ein Ueberfall kommen.

Er wollte fortstürzen.

Eine zweite Thür wurde aufgerissen, rechts von ihm. Nach rechts hatte er gewollt, von da her war er mit seinen Gefährten gekommen.

In der halben Beleuchtung des Ganges blitzten die Waffen von Gensd'armen.

Sie umgaben ihn.

9*

Carl Stöhler hatte nicht bloß den verwegenen Diebesmuth zum Angreifen. Er hatte auch den Muth der Vertheidigung in der Gefahr.

Es galt hier nicht sein Leben. Aber es galt seine Freiheit. Seine Freiheit wollte er mit seinem Leben vertheidigen. Er sagte es nicht; er sprach nichts. Aber man sah es der Entschlossenheit seiner Mienen und seiner Bewegungen an.

Er hatte, ehe man es gewahrte, ein Messer hervorgezogen, dann ein zweites.

Mit der rechten Hand schwenkte er drohend das erste. Fest in der linken das zweite vorhaltend, drang er auf seine Angreifer ein.

Sie hielten ihm die Bajonette entgegen.

Nicht nach der Brust! rief eine Stimme, Lähmt ihm die Arme.

Ein kleiner, häßlicher Mensch rief es.

Der Assessor stand seitab, hinter den Gensdarmen, in guter Sicherheit.

Der Dieb war verloren, verrathen und verloren.

Aber verloren sollte mit ihm auch der Verräther sein. Die Thür des Kassenzimmers hatte sich leise geöffnet.

David Hörk kam herausgeschlichen. Wie ein Schatten glitt er an den Kämpfenden vorbei. Sie hatten ihn nicht gesehen, oder nicht sehen wollen. Er entkam.

Lude Blecher kam hinter ihm.

Ihn sah wenigstens Einer, Carl Stöhler.

Hund von einem Vigilanten, nimm deinen Lohn! rief er.

Ein Messer saß dem Polizeivigilanten in der Brust.

Wer hat Lust ihm zu folgen! rief der Dieb dann den Gensdarmen zu, und er erhob drohend das zweite Messer.

Aber fast in demselben Augenblicke brach er zusammen.

Zwischen die Gensdarmen drängte sich ein Frauen-
zimmer, die Louise aus der Mulackgasse.
Laßt den Mann, er ist begnadigt, rief sie in
ihrer Angst.
Der Arm des Diebes sank nieder.
Du hier? Und wo ist mein Kind?
Hier! Hier!
Großer Gott!
Es schwindelte ihm vor den Augen.
Nehmt mich! sagte er zu den Gensdarmen. Es
ist vorbei mit mir. Ich bin ein Mörder dazu ge-
worden. Aber —
Eine Wuth ergriff ihn plötzlich.
Es ist vorbei mit mir. Mit mir und meinem
Kinde. Aber nicht mit uns allein. Ich kenne den
Verräther! Auch er soll herbei! Mein Mund kann
noch sprechen. Auch ich kann zum Verräther —
Er konnte das Eine Wort, das er noch sagen
wollte, nicht aussprechen.
Zehn Schritte von ihm fiel ein Schuß. Der
Dieb Carl Stöhler wälzte sich in seinem Blute. Sein
Mund war geschlossen, für immer.
Wer schoß da?
Alle riefen es, die umher standen.
Man hatte Niemanden gehört, Niemanden gesehen.
In dem Entsetzen, das sie Alle ergriff, hörten sie
auch nicht den leisen, flüchtigen Schritt, der schon weit
hinten in dem Seitengange war und dort ganz ver-
schwand.
Teufel! fluchte der Assessor. Was fällt mir denn
da ein? Der Roth hat die ganze Geschichte einge-
leitet. Aber er wußte ja von heute Abend nichts.
Und was hätte er auch von dem Tode des Diebes?
Nein, es ist nicht möglich.

Das Kind des Diebes?

Die Louise aus der Mulacksgasse war zu ihr zurückgekehrt.

Das Kind lag noch an der Erde. Aber sie hatte ihr Bewußtsein wieder. Der Schuß hatte sie aus ihrer Ohnmacht geweckt.

Die Dirne wagte nicht zu sprechen.

Das Kind sah ihr Alles an, was sie zu sprechen hatte.

Mein Vater ist todt. Sie haben ihn da todt geschossen.

Ja! mußte das Mädchen antworten.

Wissen die Andern, was mein Vater ist?

Nein.

So sagen Sie es Niemandem. Und nun verlassen Sie mich Mamsell Louise.

Kind, was hast Du vor?

Nichts. Ich bin nur so müde. Ich muß Ruhe haben. Ich muß schlafen.

Die Dirne schüttelte den Kopf. Aber sie ging. Das Kind war so sonderbar ruhig, und doch auch wirklich so müde.

Es war todesmüde gewesen. —

Als am andern Morgen eine Dienerin in das Stübchen trat, war das Kind nicht da.

Ein kleiner beschriebener Zettel lag auf dem Tische.

Er enthielt folgende Worte:

Ich muß zu meinem Vater. Ich kann es nicht anders. Gott wolle es mir vergeben. Er wird ja auch meinem armen Vater vergeben. Da oben in der ewigen Heimath werden wir ewig beisammen sein. Ich danke Allen, die mir wohlgethan haben, der guten Mamsell Louise in der Mulacksgasse und den guten Damen in diesem Hause.

Man suchte nach der Verschwundenen.

Man fand ihren Leichnam in der Spree am Schiffbauerdamm.

Sie hatte von der Wilhelmsstraße nicht weit zu gehen gehabt. Und doch, welch ein weiter Weg, welch ein saurer Gang, für das kranke und lahme Kind, zu solchem Ziele.

Und doch wohl auch nicht. Das feine bleiche Gesicht der Leiche war das Antlitz eines Engels, verklärt von der Hoffnung des Wiedersehens.

Das Kind wurde bei seinem Vater begraben. Hohe Damen hatten es bewirkt. So lag sie dennoch nicht allein da hinten auf dem einsamen Kirchhofe.

Drei Tage später begegneten sich der Baron Roth und der Polizei-Assessor auf der Straße.

Darf man zum Polizeirath gratuliren, Freundchen?

Aber der Assessor sah verstört aus.

Ich bin entlassen! —

Es ist lange Zeit her, da das passirte.